KB001065

여름 손님

윤순례
소설

여름 손님

은행나무

차례

여름 손님

1

정육점 주인이 삼겹살을 써는 동안 여자는 카운터 너머 벽걸이 텔레비전 화면 속으로 무심히 시선을 돌렸다. 탈북자 장철진이 층간소음으로 불화를 빚던 독거노인을 살해하고 달아났다는 뉴스가 흘러나오고 있었다. 반팔 검정 티셔츠를 입은 철진은 부풀린 빵처럼 유순해 보인다. 남한에 막 도착했을 때의 사진인가?

저 천진한 웃음…….

여자는 대파 한 단이 솟은 쇼핑 봉투를 들고 황급히 정육점을 빠져나왔다. 바람 한 점 없는 햇살은 비수를 품은 듯 따가웠다. 읍내를 벗어나 인도와 차도가 구분 안 된 도로에 들어섰을 때 트럭 한 대가 여자를 비켜 털털거리며 지나갔다. 길게 자라

사방으로 퍼진 쐐기풀이 슬리퍼를 신은 맨발에 닿아 쓰라렸다. 여자는 종아리에 달라붙는 날벌레를 거친 손길로 쳐냈다. 더위가 성난 짐승처럼 달려들었다. 차바퀴에 깔려 죽은 뱀을 밟으며 버스를 타기 위해 다리를 건너가다 뒤돌아섰다. 하루에 네 번 다닌다는, 집으로 가는 버스가 언제 오는지 알 수 없었다.

팔십 넘은 노파 혼자 살다 이 년간 비워진 집에 이사온 지 석 달이 넘었다. 전 주인이 쓰던 안마당의 삭은 나무 평상과 깨진 항아리들을 치우겠다는 결심은 하루하루 미뤄졌다. 여자는 기운 없이 졸다 일어나 라면으로 배를 채우고 밤에는 불면증에 시달렸다. 술과 수면제의 도움 없이 살겠다는 결심만은 가까스로 지켜내고 있었다. 그간 수북수북 자라나 거대한 숲을 이룬 집 안팎의 풀들은 여자의 키와 맞먹었다. 가끔은 낫을 찾아 들고 내키지 않는 걸음걸이로 무성한 풀들을 향해 걷다가 돌아서곤 했다. 갈라진 시멘트 틈에서도 싹을 밀고 나와 몸을 불리며 뻗어나가는 왕성한 생명력이 징그러워 집에 불을 질러버릴까, 멍하니 서서 생각할 때도 있었다. 흙담이 무너져 산과의 경계가 불분명한 뒤뜰은 엉겅퀴와 약쑥과 참나리와 넝쿨식물이 뒤엉켜 있어 무엇부터 해야 할지 몰랐다. 범람하는 흙탕물 속을 휘도는 미꾸라지처럼 중심을 못 잡고 있을 때 받은 철진의 전화는 반가우면서도 가슴이 훅 내려앉았다. 보름 전이었다. 철진이 기다리고 있는 읍내 작은 빵집에 다다라서도 여자는 불안의 정체를 알지 못했다.

삼 년 전, 공사판에서 함께 일하던 조선족에게 상해를 입혀 감옥에 간 철진을 본 게 마지막이었다. 길에서 우연히 만나도 모르는 사람처럼 살자고 냉정하게 말하는데도 철진은 무구하게 말했다. 나 나가면 큼지막한 두부 사서 삼겹살 많이 넣고 찌개 끓여줘라 희숙아…….

재를 두 개나 넘는 외딴 마을이니 만 원을 추가로 받겠다는 택시기사와 실랑이를 벌일 기운이 없어 여자는 고개를 끄덕였다. 도로가 풀숲 어디선가 희미하게 풀벌레 소리가 들려왔다.

정거장을 몇 개 거쳐야 드물게 마을이 나타나는 차창 밖은 초록이 무성했다. 여자는 입석에 새겨진 무량리라는 글자가 보였을 때 가만가만 되뇌었다. 무~우~랴~앙~니……. 밭둑을 삼십여 분 넘게 걸어나온 동네에 제 이름으로 된 집이 있다는 게 실감 나지 않았다.

—무량리 말고 청산리로 가주세요. 사과 농장요.

택시가 사십여 분을 달려 동네 초입에 이르렀을 때 여자는 급하게 외쳤다.

—청산리? 산 고개 넘어?

택시기사의 말에 불만이 차 있었다.

택시가 마을을 지나 산중턱 흙길로 접어들었을 때에야 여자는 립스틱이라도 사왔으면 좋았겠다고 생각했다. 선숙 언니는 밥은 안 먹어도 화장은 하는 사람이었다. 어둠을 틈타 국경을 넘어야 하는 대사 앞에서도 꼼꼼하게 화장을 했다. 밤일 나가나? 밤을 새워 달리는 침대차에서 맞닥뜨릴 수 있는 불심검문에 대비해 주의사항을 늘어놓다 브로커가 언성을 높여도 볼터치까지 끝내야 고개를 들었다. 말끔하게 화장하고 있으면 가다가 잡혀도 덜 불안할 것 같다는 게 그녀의 한결같은 주장이었다.

사과밭 삼만 평을 가진 한국 남자와 재혼한 선숙 언니는 완벽한 농사꾼이 되어 있었다. 얼굴도 까맣게 타, 수시로 마사지를 해대던 뽀얀 피부는 찾을 수 없었다.

*

시월에 익는 빠알갛고 사랑스런
시나노 스위트 사과는 쓰가루와 후지를
교배하여 육종한 품종으로 향이 일품입니다.

2017년 시월에
청산지기 김덕봉
행복사과 박선숙

—선숙 언니. 그만 좀 해. 아직 익지도 않은 사과를……. 시

월은 아직 멀었다.

—미리 써놔야지, 사과 따서 택배 보낼 때는 정신없다. 금방 끝난다. 쪼매만 기다려라.

여자는 마루에 걸터앉아, 검은 붓펜으로 사과 홍보 문안을 적느라 등허리를 펴지 않는 선숙 언니를 원망스럽게 바라보았다. 마당에서 놀던 누런 개 두 마리가 꼬리를 흔들며 토방으로 올라와 여자를 빤히 올려다보았다.

—저것들도 밥 달란다. 점심은 먹고 일하나? 한 장만 써서 복사하면 될 걸 고생을 사서 하나?

—정성을 보여야 사과 주문하는 사람들 늘어난다.

여자는 마루 기둥 옆에 둔 가방을 계속 들었다 놨다 했다. 철진을 사과 농장에 숨겨달라는 말이 쉽게 떨어지지 않았다.

—화은아! 오늘 우리 감자농마국수 해 먹을까?

선숙 언니는 몸을 일으키지 않은 채 한 마디씩 툭툭 던졌다.

—오늘 우리 양반 밤에나 온다. 장모 팔순 잔치에 안 갔나. 죽은 아내 어머니까지 챙기는 것 보면 착한 사람 맞재? 북한에 있는 우리 막내 데려오라고 천만 원 쓱 내놓았다.

함지박 가득 담긴 여물을 마당 한켠의 돼지우리로 옮기는 선숙 언니를 보다가 여자는 몸을 일으켰다. 어디서부터 어떻게 말해야 할지 몰랐다. 하나원을 나온 뒤 술을 마시고 찾아와 외롭다는 하소연을 늘어놓는 철진을 위로하다 특별한 관계로 발전

했다는 말도 아직 하지 않았다. 머릿속이 엉킨 실타래처럼 어지러웠다. 철진에게도 하지 않은, 지운 아이에 대해선 무조건 감추고 싶었다. 남한에 와서도 정신 못 차리는 너와 살려고 사선을 넘지 않았다고 철진에게 퍼부을 때만 해도 덜컥 임신을 할 줄은 몰랐다.

—빈집에 가서 뭐 해? 우리 집에서 자고 가라니까. 집에 엿 붙여두고 왔나?

더 붙잡기를 포기한 듯 따라 나오는 선숙 언니의 눈빛은 끝없이 펼쳐진 사과밭에서 헤어나올 줄 몰랐다. 사과나무 가지마다 야구공만 한 사과들이 주렁주렁 매달려 있었다.

—철진이가 사람을 죽이고 도망다닌대…….

산중턱 사과나무 밭이 끝나는 모퉁이에서 여자는 쑥 쏟아냈다.

—뭐……? 누구……?

밭고랑에서 주워 올린 사과 몇 개를 티셔츠 앞자락에 품고 오던 선숙 언니가 물었다.

—철진이. 함께 남한 왔던. 철진이 보면 남동생 생각난다고 눈물바람 하고서는……. 나 철진이랑 좀 사귀었어. 그만 만나자고 내가 선 그었는데…….

—철진이가 누군데?

여자는 입을 멍하니 벌린 채 선숙 언니를 바라보았다. 짙은 한숨이 뭉텅 쏟아졌다.

—언니! 그 사과 아까워서 그리 싸매고 있나? 부실해서 떨어진 거다. 버려라 그만.

언니가 라오스에서 복통 일으켰을 때 오밤중에 나가 약을 구해 온 철진이를 잊었어? 밀림 속에서 죽은 내 아이 언니 손으로 파묻은 것은 기억나나? ……언닌 좋겠다. 좋은 남조선 남편 만나 큰돈 척척 만지며 북조선에 있는 식구들 데려올 수 있으니 얼마나 좋나……? 여자는 그렇게 말하고 싶은 것을 참았다. 예전처럼 마구 눈물을 쏟아내고 싶지는 않았다. 한번 터트리면 울음은 점점 수위를 높이다가 터진 둑처럼 걷잡을 수 없어질 터였다.

—철진이 지금 우리 집에 있다. 저녁에 삼겹살 구워 먹자고 했는데. 모르겠다 나도. 뭐가 어떻게 된 건지…….

고랑가에서 물짠 사과 한 개를 집어 이리저리 훑어보는 선숙언니 옆에서 여자는 힘없이 말했다. 중국 천진에서 처음 봤을 때부터 철진이 그 해맑은 웃음 속에 무엇을 숨기며 사는지 여자는 알지 못했다.

고국을 떠나온 사연은 다르지만 최종 목적지는 대한민국인 이들이 모인 것은 늦은 밤이었다. 중국 북부 항구도시의 바람은 차고 매서웠다. 불법으로 국경을 넘는 이들을 사살해도 좋다는 명령을 내린, 젊은 새 지도자의 등극을 한 달여 앞둔 겨울이었다. 일행은 삼박 사일 달리는 봉고차 안에서 숙식을 해결하며 대륙을 쉬지 않고 달려 남부 도시로 가는 여정을 앞두고 있었다. 불심검문을 무사히 통과하면 중국과 국경이 닿아 있는 라오스로 넘겨줄 브로커와의 접선이 예정되어 있었다. 위험한 길로 향하는 이들의 숨소리는 무겁고 침울했다. 약속 시간에 나타나지 않는 누군가 때문에 차는 떠나지 못하고 있었다. 오래 지체하다 중국 공안에게 발각될 위험 때문에 근방을 빙빙 돌고 다니는 차 안에서 여자의 젖먹이 아이는 기침을 토해냈다. 새벽에 은신해오던 안전가옥을 빠져나올 때부터 아이의 몸이 불덩이였다. 가다가 잡히면 북송되느니 차라리 죽겠다며 면도칼을 숨겨 온 이, 한국에 정착한 누이가 보내준 돈으로 세 번째 탈출을 시도하는 소아마비 소년, 십오 년 교화형을 받고 탈북해 이번에도 잡히면 혀를 물겠다는 노인, 남편의 금니를 빼어 두만강 넘어올 때 국경수비대에 뇌물로 바쳤다는 선숙 언니……. 한 시간이나 늦는 누군가를 기다리는 이들의 인내는 바닥나고 있었다. 밤바다의 파도가 거센 항구도시 거리마다 총 든 공안들이 활보하고 있었다. 철진은 헐렁한 배낭 하나만을 흔들고 들어와선 늦은 벌칙으로 노래를 부르겠다고 선언했다. 지금 소풍 가나? 조선족 브로커가 제지했지만 철진은 남한 노래를 함흥 사투리로 바꿔 부르며 차 안의 무거운 분위기를 일시에 흩어놓았다.

2

정오가 되면서 풀벌레 울음소리가 한층 그악스러웠다.

철진과 함께 먹으려고 여자가 부엌 가마솥에 감자를 삶고 있을 때 안마당으로 이어지는 외길로 들어오는 경찰차가 보였다. 차바퀴가 자갈길을 지나오며 덜컹덜컹 소리를 내었다. 경찰서 보안계에서 나왔다는 두 경찰을 마당 평상으로 이끌면서 여자는 안절부절못했다. 근방 일곱 개 마을에 사는 탈북민들의 보호를 담당하고 있다는 이들의 방문이 철진과 무관하지 않아 보였다.

—어떻게 여기까지 오시게 되었습니까?

—그저 운명이 가는 길이려니 여겨 눈 딱 감고…….

여자는 대답한 뒤에야 귀농에 대해 물은 것임을 알았다.

—내 정신 봐라. 물 한 잔도 안 내오고…….

여자는 부엌으로 들어가 뒤안으로 통하는 나무 문짝을 소리 없이 열었다. 산과 이어지는 담벼락 아래서 낫으로 풀을 베는 철진이 보였다. 여자가 장독대 부근에서 주운 돌맹이를 세 개째 던졌을 때에야 철진이 돌아보았다. 여자는 오른 검지를 펴서 입술에 대고 왼팔을 흔들어 안마당 쪽을 가리켰다. 철진이 무성한 풀밭 속으로 숨듯이 내려앉았다.

여자가 부엌 바닥에 놓인 냉장고에서 생수 두 병을 꺼내 들고 마당으로 나왔을 때 살찐 고양이가 말라비틀어진 꽃대들이 축축 늘어져 있는 화단 속을 쏜살같이 내달렸다.

—서울 사시다가 어떻게 이렇게 먼 곳까지?

—몸이 시름시름 아파…… 선숙 언니가 시골에 빈집이 있으니 이사 오라고 해서…….

쥐새끼를 입에 물고 화단에서 나온 살찐 고양이가 옆 마당 닭장 쪽으로 유유히 걸어가는 것을 바라보며 여자가 느리게 입을 떼었다.

—공기도 좋고…….

여자는 애써 밝은 목소리로 말했다. 적어도 외피는 그랬다. 목욕탕 카운터 일을 그만두고 어정어정 세월을 보내다 서울을 떠날 마음을 먹었다. 자살 시도를 벌인 후의 결정이었다. 혼담이 오갔던 목욕탕집 아들을 마지막으로 만나고 온 뒤로 술 없이는 잠들 수 없는 밤들이 이어졌다. 탈북 여성들이 중국 유흥업소에서 일하는 실태를 보여주는 다큐 방송을 본 어머니가 결혼을 반대한다고 말하던 남자의 목소리가 머릿속에서 지워지지 않았다. 남자가 곤혹스럽게 내뱉던 "아랫도리를 함부로 굴리며……"는 꿈속에서도 들렸다.

—어쨌든 잘 오셨습니다. 여기가 공기만 좋은 게 아니라 인심도 좋습니다.

—…….

—서울에서 일어난 살인 사건 때문에 새터민들이 잘살 수

있게 각별히 신경을 쓰라는 상부의 지시가 내려왔습니다.

여자는 평상에 엉덩이만 걸치고 앉아 어서 그들이 가주기만을 바랐다. 춘천 터미널 대합실에서 탈북자 장철진의 모습이 포착됐다는 보도 이후 강원도 전체에 비상이 걸렸다는 그들의 말을 듣는 내내 가슴이 두근거렸다.

—춘천에서 갈 수 있는 곳이 열 군데가 넘어. 양양, 속초, 강릉, 고성…….

—설마 다시 북한으로 넘어가려고 고성 쪽으로 간 건 아니겠지?

—에이 설마…….

—장철진과 독거노인이 평소부터 사이가 좋지 않았다더만.

—죽은 노인 성격이 별나 가족들도 찾지 않은 지 오래라는 말도 있고.

—팔십 세야. 살 만큼 살았네. 조용히 가셨으면 좋았는데.

—가뜩이나 더운 날 더 뺄 땀도 안 남았다 나도.

두 경찰은 생수 한 병씩을 느리게 비우며 일어날 생각을 하지 않았다. 여자는 그들을 마당 평상에 앉힌 것이 후회되었다. 독거노인과 철진의 사이가 좋지 않았다는 말은 철진에게 들은 것과는 달랐다.

세 가구가 사는 다세대 건물 1층에 철진이 세를 들었던 날부터 지하층 노인이 반겼다고 했다. 월세가 싸서 이십 년째 그곳에 살고 있다는 노인과 철진의 사이가 틀어진 것은 철진이 공사판에서 번 돈으로 소주를 사서 내려간 날 밤이었다. 술을 마시면서 노인이 듣기 거북한 말을 늘어놓았다. 동네 노인정에 가서 위층에 탈북자 청년이 이사왔는데 착하고 속이 넓어 아들 하나 얻은 듯 든든하다고 자랑을 했더니, 태반이 손을 내저으며 흥분을 하더라고 했다. 철진이 파르르 떨면서 일어난 것은 점점 과격해지는 노인의 술주정 때문이었다.

노인정 친구들 말이 맞아. 나는 전기세 많이 나올까봐 형광등 켜는 것도 벌벌 떠는데 북한 놈들 내려오는 족족 집 주고, 돈 주고. 그것들이 또 자유 찾아 대한민국 왔더니 대우가 어떠네 저떠네 한다지 뭐야…… 고얀 놈들. 대한민국에 쪽방에서 라면 끓여 먹으면서 사는 이들이 수두룩한데 그것들에게는 아파트를 준다네…….

철진은 그날 이후로 지하층에 내려가지 않았다. "이놈들이 어느 날 떼거리로 몰려나와 제대로 대접을 해달라고 데모를 할 수도 있다"고 들었다는 노인의 말을 곱씹을 때마다 화가 났다.

두 경찰관은 평상에 나란히 앉아 마당 너머 들판을 바라보며 여자와는 별반 상관없는 이야기를 주고받았다. 누구는 춘천 경찰서로 발령을 받았고, 누구는 속초 경찰서로 가게 될 것이라는 말을 듣고 있다가 여자는 스르륵 몸을 일으켰다. 그들이 무엇을 하건 신경쓰지 않겠다는 듯 깨진 항아리 조각들을 모아 화단 한쪽에 쌓았다. 철진이 뒤안의 무너진 흙담을 넘어서라도 집을 빠져나갔기를 바랐다. 다행히 산 아래 첫 집이어서 산으로 들어간다면 마을 사람들 눈에 띄지 않을 터였다. 생각할수록 갑갑해서 한숨이 나왔다. 망가진 닭장의 문짝에 덧대려고 뒤안에서 나무판자들을 다듬느라 정오가 넘은 지금까지 철진은 아침도 거르고 있었다.

여자가 차를 타고 떠나는 경찰들을 마당에서 배웅하고 뒤안으로 달려갔을 때 철진은 허공에 낫을 치켜들고 있었다. 개망초와 쑥부쟁이와 노란 꽃을 매단 달맞이가 밑줄기를 잘린 채 팽개쳐진 속에서 두 동강이 난 뱀이 고개를 꿈틀거렸다. 놀라서 뒤로 움칫 물러나는 여자 옆에서 철진이 통통한 뱀의 머리 부분을 운동화 바닥으로 꾸욱 눌렀다.

—제발 조심 좀 해라. 지금 너 때문에 강원도 바닥이 시끄러워.

물컹한 느낌이 생생해 여자는 몸서리를 치다가 크게 소리를 질렀다.

—정말 내가 죽였다고 생각하면 나 신고하고 천만 원 받아라. 세상 살기 싫다 나도. 내가 죽이지는 않았지만 네가 신고하면 내가 조용히 잡혀 들어가서 감방 살고 나올게.

—뭐라고?

—지난번처럼 병원 가서 온갖 검사 다 하고 나한테 돈 뜯어내려고 병원 차 부른 거야. 이제는 치료비 물어줄 돈도 없어 도

망 나왔다. 내가 죽인 것 아냐.

억울할 때 늘상 그러듯이 철진이 펄쩍펄쩍 뛰며 바라보았다.

—북한에서 왔다고 나 무시하고. 시끄러워 잠 못 잔다고 올라와 문 두드리고. 야구방망이 있잖나. 그걸 가지고 방 천장을 둥둥둥둥 친단 말이야. 영감이 그러면 한 번씩 나도 했지. 방바닥에서 뜀뛰기를 한단 말이야. 새벽에 잠도 안 자고 야구방망이 쳐댈 때가 있어.

말하다 말고 철진이 풋 웃었다. 철진이 슬플 때도 괴로울 때도 웃음으로 제 마음을 숨기는 것을 알면서도 여자는 눈을 흘겼다.

—이거 봐라. 내 눈두덩이 찢어진 것 보이나? 그 영감 짓이다. 한 달 지나 겨우 아물었다. 근데 망할 영감이 또…… 화장실에서 물 흐르는 소리까지 어쩌라고? ……금생리가 그립다, 희숙아.

웃고 있는 철진의 눈망울 속에 금방이라도 툭 떨어져 내릴 듯한 눈물이 차 있었다.

—한 달 전에도 내가 그 영감 병원비 물어줬다. 밤에 올라와 시비 걸기에 계단으로 밀었다. 뼈 부러졌다고 밤에 경찰 부르고 눈에 쌍심 켜고 달려들어…….

—너는 왜 맨날 …… 잘살겠다고 왔으면 좀 악착같이…….

말하다 말고 여자는 입을 다물었다.

—나는 가만히 있는데 세상이 나를 이리 흔들고 저리 흔들지 뭐야. 들쭉술 마시다가 그냥 압록강 넘었다니까. 국경수비대 보초 서는 친구놈 만나러 갔다가. 도강자가 뇌물로 주고 간 술 얻어 마시고 몸이 뜨거워 물에 들어갔지. 시원해서 좋다고 헤엄쳤지. 술 깨고 보니 중국 땅이네…….

늘 굴복하듯 웃는 철진을 쳐내지 못하는 상황에서 여자가 할 수 있는 건 과장된 한숨뿐이었다.

3

옆 마당 텃밭에 절로 돋아난 쪽파가 실하고 통통했다. 여자는 아랫도리가 묵직한 몸을 이끌고 다니며 한 뿌리씩 솟궈 바구니에 담았다.

—일찍 일어났네잉…….

계곡 다다르기 전의 붉은 기와집에 사는 동네 노파가 측백나무 틈으로 몸을 밀고 들어왔다.

—어제는 종일 안 보이더만…….

여자는 대꾸 없이 쪽파 뿌리에 붙은 흙을 털어냈다. 노파는 가끔 고구마를 들고 와 동네에 말 터놓고 지낼 사람이 없다고 토로했다. 혼자 살며 딸을 미국 유학까지 보냈는데, 어머니 장례 치르자마자 떠났다며 전주인의 하나밖에 없는 딸을 욕할 때도 있었다.

—요양 병원에서 언제 나오는가? 내 죽기 전에, 자네 어머니가 만든 막걸리 한 사발 마셔보고 죽어야 할 거인디.

이 집에서 혼자 살다 죽었다는 노파의 딸이 아니라고, 그리고 그녀는 요양원이 아니라 하늘나라에 갔다고 여자는 입이 아프게 말했다. 정신이 오락가락하는 노파의 말을 처음에는 일일이 받아주다가 조카를 소개시켜주겠다는 말까지 들었다. 태어나 한 번도 촌구석을 떠나본 적 없을 것 같은 노파의 궁금증은 하나였다. 도시 살던 젊은 여자가 왜 혼자 내려와 시골에 사는가? 오십 먹어가는 조카가 혼자 사는데 아주 부자다, 소를 백 마리 넘게 키우고, 부모에게 물려받은 땅이 많다, 참한 여자면 아무것도 안 보고 결혼하겠다는데 다리 한번 놓고 싶다……. 처음에 여자는 다리를 놓는다는 말뜻을 몰라 어정쩡히 웃었다.

—자네 어머니가 철철이 꽃잎 따서 말려 찹쌀과 함께 쪄낸 막걸리 마셔보고 죽어야는디. 요양원 가거든 내가 안부 전허더라구 전혀줘잉~

여자는 대꾸를 하지 않았다. 치매기가 의심될 만큼 노파는 동네 소식을 물어 나르는 데 열심이었다.

내 사랑은 내 나그네뿐입지비~ 여기에 있음매~ 소리애비뿐입지비~ 저기에 있음매~ 소리애비뿐입지비~

같은 멜로디를 반복해서 흥얼거리는 철진의 노랫소리가 뒷마당에서 들려왔다. 철진은 아침에 일어나자마자 낫을 챙겨 들고 뒤안으로 나가 풀을 베었다. 간밤에 안방에서 함께 자고 싶다고 떼를 쓰는 철진을 여자는 마루 끝에 붙은 방으로 보냈다. 몸에는 손가락 하나 대지 않겠다고 고집을 부리다 쫓겨간 철진은 여자가 이불을 들고 갔을 때, 새우처럼 몸을 말고 잠들어 있었다.

여자는 끝내 가지 않고 버티는 노파를 두고 부엌으로 들어와 나무 문을 열고 뒤안으로 나갔다. 철진이 말끔히 풀을 쳐내, 시멘트로 낮게 단을 만든 장독대가 훤히 드러났다. 뚜껑 닫힌 항아리들이 옹기종기 붙어 있었다.

—지금 노래가 나와? 나는 심장이 벌렁거리는데…….

여자는 철진에게 눈을 흘겼다. 어제, 읍으로 나가는 버스 시간표를 알아보려고 이장 집에 갔다가 탈북자 장철진을 수색하는 텔레비전 뉴스를 보았다. 뉴스에서는 전문가까지 초빙해 탈북자들의 남한 정착에 대해 짚어보는 이슈 타임도 내보냈다.

—걱정 마라, 잡히면 또 교도소 갈란다. 일 안 하고 얻어먹는 교도소 밥이 얼마나 맛있는지 아나? 읍내 언제 나가나? 양파 굽고 마늘 굽고 고추장 얹어서 삼겹살 먹자.

—감옥 다녀온 게 무슨 자랑이라고…….

—깡태밭 있어도 날래 달려와 차군 두 손 붙잡고 갑매~ 이

내 사랑 너뿐입매~

철진은 양손의 엄지와 검지를 모아 하트 모양을 만들었다가 여자를 향해 쏘아댔다.

4

읍내로 가는 첫 버스가 국도 멀리 사라지는 게 보였다. 하루에 네 번 오가는 버스의 꽁무니가 보이지 않을 때까지 여자는 옆 마당 전나무 너머로 바라보았다.

해가 둥실 떠오르고 풀벌레 울음소리가 한층 높아졌을 때 경찰차가 들어왔다. 지난번에 왔던 젊은 경찰은 차에서 내리자마자, 부드럽게 웃는 여배우 사진이 있는 커피믹스 박스를 여자에게 내밀었다. 그는 여자의 안내로 평상에 앉자마자 이 집에 웬 남자가 있다는 말을 들었다며 추궁하듯 여자의 얼굴을 살폈다.

—계곡 근처 붉은 기와집 사시는 할머니가 이 집을 잘 아시길래…….

여자는 치매 걸린 노인네라고 말하려다 그만두고 꾀를 내었다. 오래 비워졌던 집이라 누수가 심하고 넓은 텃밭에 풀들이 숲을 이뤄 고향 언니에게 부탁해 일꾼을 소개받았다고 말하는 동안 식은땀이 흘렀다.

—고향 언니라면?

—저기 윗동네 청산리 살아요. 사과 농사 하는데, 일본 사과와 교배시킨 사과가 맛이 좋아 돈도 많이 벌고.

여자는 선숙 언니에 대해서라면 당당할 수 있었다. 남한 농촌 남자와 재혼해 성실한 땅 지킴이로 소문이 나 있는 새터민. 소개 받았다는 친척에 대해 자세히 묻는다면 선숙 언니 남편 쪽이라고 둘러대야 하나? 입술이 바싹 타들어갔다. 산에 올라간 철진이 내려오지 않기를 바랐다. 봄에는 야생화가 지천이라는 골 깊은 산이 어디로 뻗어 있는지 여자는 알지 못했다.

—음료수 납품하는 차를 얻어 타고 장철진이 춘천에서 오색으로 들어왔다는 제보가 들어왔습니다. 이십 일 전, 정확하게는 6월 23일 금요일입니다.

젊은 경찰이 마당에 세워둔 경찰차 안에서 생수를 꺼내 와 벌컥벌컥 마시다가 남은 물을 제 얼굴에 뿌리며 말했다.

—내 정신 봐라. 물 한 잔도 못 드리고…….

그러나 말뿐, 여자는 마당 한가운데 서서 초조한 눈빛으로 젊은 경찰을 바라보았다.

—서른셋 장철진과 하나원 동기로 알고 있습니다. 만약 연락이 오거든 우리에게 반드시 알려야 합니다.

불법 도박장 출입과 사기 사건에 연루되어 경찰 조사를 받은 철진의 전력을 쏟아내는 젊은 경찰을 향해 여자는 힘없이 고개를 끄덕였다.

젊은 경찰은 살피듯이 집 안팎을 둘러보고 다녔다. 그가, 풍수지리가 좋은 집터인 듯하다, 자작나무가 참 우아하다, 옆 마당의 닭장을 비워두지 말고 닭을 키워보는 게 어떠냐, 예전에는 집에서 흑염소도 키웠다더라…… 하는 동안 여자는 뒷마당과 연결된 산 쪽을 눈치채지 않게 올려다보았다. 자수를 권유하는 여자와 실갱이를 벌이다 철진이 산으로 올라간 지 한 시간도 되지 않았다. 그네를 만들어주겠다며 산에서 쓰러진 나무를 들고 오거나 버섯을 따 오는 철진에게 여자는 입이 아프게 말했다. 사람들 눈에 띄지 않게 동네를 빠져나가라고.

경찰이 돌아가고 나서 여자는 안마당과 이어진 텃밭으로 내려가 해를 넘기며 말라비틀어진 옥수숫대를 뽑아 단처럼 쌓아 올리다가 팽개쳤다. 해가 저물어도 철진이 오지 않고 있었다.

철진이 정말 북한에 넘어갈 계획으로 강원도에 왔을까?

나무 밑동을 감은 넝쿨식물들을 모조리 쳐내 자작나무 주변은 포슬포슬한 흙밭이었다. 여자는 작은 잎들이 바람에 살랑이는 자작나무 아래 서서 들판 너머를 바라보았다. 마음이 모슬린 포처럼 가벼워졌다. 검은 공단 양산을 받쳐 든 도도한 여자가 된 기분이었다. 남한에 와서 그렇게 살고 싶었다.

중국 훈춘의 오아시스 모텔. 방천 풍경구 쪽을 향해 창이 나 있는 3층 끝방 벽에는 검은 드레스를 입고 비 오는 거리에 우아하게 서 있는 여자의 그림이 붙어 있었다. 여자는 침대에 알몸으로 누워 액자 속의 그림을 바라보며 남한 남자와 삼 일 밤을 보냈다. 첫날, 늦은 밤에 투숙한 그가 따뜻한 커피를 부탁하는 전화를 해왔을 때 카운터에는 여자밖에 없었다. 커피를 들고 올라갔을 때 남자가 연길에서 사 왔다며 초콜릿을 내밀었다. 선물로 받은 초콜릿을 주머니에 넣고도 여자는 방을 나오지 않았다. 유리창을 열어놓고 방천 풍경구 쪽을 향해 커다란 카메라를 들이대는 남자의 뒤에 바싹 서서 멀리서 반짝이는 밤의 네온사인을 홀린 듯이 바라보았다. 밤의 변경 도시는 붉고 푸르고 하얗게 먼먼 곳의 별빛처럼 빛났다. 숨어 사는 북한 언니들과 늦은 밤에 아랫도리를 방만하게 벌리고 앉아 술과 순대를 입에 넣으며 보던 것이 아니었다.

남한행을 꿈꾼 것은 지우지 못하고 낳은 아이 때문이었다. 딸아이의 이름을 샛별,이라 지었지만 별빛이나 달빛도 무방했다. 어차피 탈북자의 아이는 호적에 올릴 수 없었다.

남한 남자에 대해서는, 아름다운 색들로 둘러싸인 고향을 가지고 있다는 것 외에 아는 게 없었다. 짙은 초록색 표지로 둘러싸인 여권 안을 보았으면 좋았겠다고 생각한 것은 그가 조선족 사장의 눈치를 보며 로비에서 짧게 이별 인사를 한 후였다. 그는 기차를 타고 러시아 우스리스크로 갈 계획이라고 했다. 삼박 사일간 머물렀던 훈춘 곳곳의 사진을 찍은 이유를 모르는 것처럼 그가 왜 우스리스크에 가는지 여자는 알지 못했다.

여자는 훈춘이 그리울 때마다 화들짝 놀라곤 했다. 퍽 이상하고 의심스런 느낌이었다. 숨어서 살던 시절이 사무치게 그리울 때가 있다니…….

여자는 어둠이 내리는 산야를 바라보다가 선숙 언니에게 전화를 걸었다. 선숙 언니는 멜로디 한 소절이 다 끝나갈 즈음에야 전화를 받았다.

—언니, 철진이 사과 농장에 숨겨줘.

여자는 다짜고짜 애원하듯 말했다. 남한 내려와 그렇게 북한 사람들 욕 먹이는 놈이라면 냉정하게 내치라는 선숙 언니의 목소리에 날이 서 있었다.

—철진이 파리 한 마리 못 죽이는 놈이야. 그건 언니도 알고 나도 알아.

함께 국경을 넘었던 이들이 다 알 것이라고 말하려다 여자는 입을 다물었다. 그것을 누가 아는가? 어떻게?

—언니, 경찰이 묻거든 우리 집에 일꾼 보내줬다고 해줘. 먼 친척, 집 치우는 일 도와주라고 보냈다고. 알았지? 철진이가 곤란한 상황이라 내가 둘러대서…….

—화은아 지금 나 무지 바쁘다.

툭 전화가 끊겼다. 바쁜 일? 힘든 일? 북한말로 '바쁘다'는 힘들다는 뜻이고 남한에서는 할 일이 많다는 뜻이라, 여자는 선숙 언니의 말을 정확히 알아들을 수 없었다. 남한에서 보험외판원이라도 해야 한다며 표준말 연습을 한 적도 있는 선숙 언니는 흥분하면 입에서 나오는 대로 말을 쏟아냈다. 최근의 말투에는 재혼해서 함께 사는 이의 것이 묻어 있었다.

—언니, 나 묻고 싶은 게 있어. 남한 오다가 우리 샛별이가 죽었는데 나는 어쩌면 이렇게 태평히 잘살고 있지? 그것 생각하면 가끔 내가 징그러워…… 살겠다고 꾸역꾸역 밥을 먹고 있는 입이 징그럽고…….

전화가 끊긴 후에야 여자는 정작 하고 싶었던 말을 입에 담았다.

밤을 새워 달리는 침대차에서의 불심검문, 소리가 새어나가 이웃집의 신고로 공안이 올까봐 가슴 졸였던 안전가옥에서의 시간들, 급작스런 호흡곤란이나 복통에도 병원에 못 가고 앓았던 기억들……. 목숨을 담보로 대한민국을 향해 오던 때를 떠올리며 몸이 불덩이가 되어 죽어간 딸아이는 가슴 밑바닥으로 꾹꾹 밀어넣었다.

가끔 여자는 그런 사실조차 망각해가는 스스로에게 놀랐다. 그래서 그 일이 진짜로 있었던 일임을 함께 국경을 넘었던 이들에게 확인해보고 싶었다. 그래서 그들 중 누군가가 깜짝 놀라며, 지금 무슨 소리를 하는 거야? 나쁜 꿈을 꾼 거니? 그런 일은 없었어 화은아, 심한 스트레스가 없었던 사실을 만들어내기도 한다는데 지금 네가 그런 것 아니니? 처녀애가 무슨 아이가 있었다고 그래? 남한 오겠다고 천진에서 모였을 때 너는 스물일곱 꽃다운 처녀였잖니……, 해주길 바랄 때도 있었다.

5

뱀과 호된 결투를 벌인 이후로 철진은 낫등으로 흙바닥을 탁탁 쳐대며 잡초와 꽃대들을 왼손으로 휘잡고 낫을 당겼다. 뱀에게 신호를 주기 위해서라고 했다.

—처음에는 드릴 가져오라는 말도 못 알아듣고…… 그래도…….

그래도 그냥 이렇게 살다 죽겠다고 선언하는 철진의 입을 여자는 아득하게 바라보았다.

—이쪽에서나 그쪽에서나 감옥 사는 건 이골이 났다. 그래도 이쪽에서는 감옥에서 공부도 시켜주더라. 재능 기부 한다는 시인도 만나봤다, 감옥에서.

—…….

—희숙아, 토대 좋은 놈들은 살아남더라. 이쪽이나 저쪽이나…….

철진은 입에 커다란 사탕을 문 듯 느릿느릿 말했다.

—나무 그늘 아래 시집 한 권, 빵 한 덩이, 포도주 한 병. 그리고 내 곁에서 노래하는 그대. 오 사막이 낙원이네~

—…….

—신은 사막에 살고 있다더라. 우리네 삶이 사막이기 때문에 낙원을 꿈꾸는 것이라고, 시인이 말하더라. 알 것도 같고 모를 것도 같은 말이지. 그래도 그 자리에서 내가 시를 다 외웠다.

—…….

—눈물이 막 나더라. 목단강 조선족 놈, 죽지 않을 만큼 발로 밟아놓고 감옥 간 건데, 처음으로 그놈아도 불쌍하더라. 공사판에서 남한 놈들한테는 굽실거리고 나를 땅바닥 기어가는 바퀴벌레 보듯 하던 놈인데…….

철진을 숨길 마땅한 곳이 떠오르지 않아 여자는 갑갑했다. 철진은 건축 현장에서 떨어져 부상을 입지 않으면 싸움질로 어렵게 얻은 자리를 잃고, 북에 있는 가족들을 데려오려고 모은 돈을 사기 쳐 빼 가는 이들과 어울려 지내 잦은 오해를 받았다.

—화진 언니 딸 중국에서 데려다준다며 받은 돈…… 너도 사기당한 거 진짜 맞나?

여자는 말을 다 해놓고 후회했다. 철진이 수차 결백을 주장한 일이었다.

—화진 언니는 돈 주는 자리에 니가 있어서 믿고 줬다 하대.

철진이 무거운 한숨만 토했다.

—나는 철진이 너 믿는다. 나도 속상해서 그런다. 남한 내려와 일 년도 안 지나 만난 사람을 뭘 믿고 화진 언니한테 소개하니? 여기서는 사람 함부로 믿고 그러면 안 돼.

해가 저물면서 산바람이 불어왔다. 여자는 낮의 열기로 달궈진 시멘트 장독대에 등허리를 붙이고 누웠다. 철진이 빈 닭장 주변의 엉겅퀴와 넝쿨 식물들을 말끔히 쳐내고 여자 옆으로 와서 누웠다.

—철진아, 니 고성인가 어딘가로 넘어 북조선 들어가려는 거 아니지?

여자가 망설이다 물었을 때 철진은 대답이 없었다. 잠이 들었는가?

경찰관들이 마당에 서서 나누던 말들이 떠올랐다. 삼 년 전에도 남한에 살던 탈북자가 고성 철조망을 넘어갔다고 했다. 운 좋게 잡히지 않은 그는, 남한에서 탈북자들에게 악행을 저지른다는 거짓 선동을 일삼았다고 했다. 여자는 장독대 아래 쌓인 옥수숫단을 추려 철진에게 베개를 만들어주고 그 옆에 누웠다.

—남조선 내려와 이리 산다고 나 무시 마라.

자는 줄 알았던 철진이 말했다.

—내가 언제?

—아버지가 한직으로 밀려나지만 않았어도 지금쯤 나도…….

—수령님 보좌관을 지내다 왔어도 여긴 남조선이다.

—진짜다. 희숙이 너는 나를 모른다.

—안다. 들쭉술 마시고 수영하다 보니 중국땅이더라며?

강 건너 고향 땅을 내다보며 이왕 왔으니 돈을 벌어 들어가자고 마음먹었다는 말을 메콩강에서 철진에게 들었다. 심양, 장춘, 청도의 공사판에 다니며 모은 돈을 조선족 친구에게 부탁해 집에 보냈는데, 어머니가 장판 밑에 차곡차곡 모아 보관하다가 화폐개혁을 맞아 하루아침에 휴지조각이 되었다는 말도.

—마음 너무 고와도 세상 살기 힘들다 철진아…….

여자는 장독대에 반듯이 누워 하늘을 바라보는 철진을 가만히 안아주고 싶은 충동을 눌렀다.

남한에 정착을 못하고 휘청이는 철진을 받아줄 여유가 없어 냉정하게 이별을 선언하면서도 여자는 마음이 아렸다. 함께 망가질 것 같으니 그만 만나자고 했을 때도 철진은 매달렸다. 남자 여자로 말고 누이동생처럼 만나면 안 되냐고. 능력이 안 되면서도 어려운 사람을 보면 돕고 싶어 하는 철진을 볼 때마다 여자는 속이 상했다.

—남한 온 지 육 년째다. 그쟈? 너나 나나 해놓은 것 없이 떠도네. 너는 청도 노래방에서 일하면서 돈도 많이 벌어봤다면서? 와 여기서는 줄창 헤매는데?

하늘에 별이 총총 떠올라 있었다. 여자는, 시골 오니까 저 많은 별을 공짜로 봐서 좋다고 말하려다 그만두었다.

살기 위해 시골로 내려왔지만 밀려나는 느낌이었다. 늘 핏기 없이 다니다 어머니가 치켜세울 때만 반짝 기분이 좋아지는 남한 남자가 그립지는 않았다. 이런저런 아르바이트를 하며 속절없이 나이만 먹어가던 차에 그를 만나면서 희망이 생겼다. 어머니가 가진 점포들만 관리해도 먹고 살 걱정이 없는 그의 명의로 된 집도 있었다. 목욕탕이 있는 건물 맞은편의 양옥이었다. 철 대문을 열면 잔디 깔린 마당이 펼쳐졌다. 아래층에 거실과 주방과 화장실이 있고, 편백나무 계단을 올라가면 남향으로 창을 낸 방이 있었다.

—철진아, 자나? 방에 들어가 자야지. 찬 데서 자면 입 돌아간다던데.

여자는 가만히 몸을 일으켜 철진의 오른쪽 뺨을 장난치듯 톡톡 때렸다. 잠이 들었는지 철진은 움직이지 않았다.

—일라봐라. 니 정말로 소련제 라다도 몰아봤나?

여자는 철진이 철딱서니 없게 웃고 떠들며 왕년에 어쨌네 저쨌네 해주었으면 싶었다. 시간이 지날수록 총총해지는 별을 오래 보고 있자니 걷잡을 수 없이 눈물이 쏟아지려고 했다. 지금은 철진이 무슨 말을 해도 다 믿을 것 같았다. 신병 훈련 마치고 인민보안성 본부로 배치받을 뻔했는데 토대에서 밀려 어그러졌다거나, 보위부 정치부 부장 운전수로 갈 뻔도 했다는 자랑을 근거 없이 늘어놓는다고 해도.

남한 남자와 결혼하면 살게 될 집에 다녀온 날 저녁 여자는 가슴이 부풀어 잠을 이루지 못했다. 현관 문턱에 들어서거나 주방으로 들어갈 때마다 자동으로 켜지던 밝은 전등 불빛만은 지금도 눈에 삼삼했다. 정원 소철나무 사이사이에서 노랗고 푸르고 붉은빛을 내쏘던 알전구들이 얼마나 황홀했던가.

6

아침나절에 한차례 비가 오다 말았다. 동네 사람들은 저마다 시원하게 내리는 비를 기다렸다. 마른장마에 밭의 농작물들이 바싹바싹 타들어갔다. 여자는 옥수숫단을 한가득 아궁이 옆에 쌓아두고 마른 잎을 몇 장 떼어 돌돌 말아 들고 가스레인지를 켜 불을 붙였다. 말린 약쑥을 넣고 팔팔 끓인 물에 장마철 빨랫감 같은 심신을 담가두고 싶었다. 불쏘시개를 호호 불어 아궁이 속에 밀어넣은 옥수숫단 밑으로 던졌다. 불길은 쉽게 일어나지 않았다.

허물어진 뒷담 아래 있는 솔가리를 가지러 여자가 뒤안으로 통하는 나무 문짝을 밀었을 때 철진이 장독대에 앉아 가만히 제 왼손을 보고 있다가 화들짝 놀랐다. 땡감을 씹은 듯 얼굴 표정이 일그러져 있었다.

—뱀 물렸다.

감추고 싶은 것을 들켜버린 것처럼 철진이 마지못해 손을 내밀었다.

—독사야. 나 물고 풀밭으로 달아났다. 지난번에 내가 죽인 뱀 짝지인가보다. 뱀들은 제 짝을 죽인 사람에게 복수를 하러 온다고 들었다.

—제발…… 독사한테 물리고 그리 태평하나?

—죽기밖에 더 하겠나?

—죽는 것보다 무서운 게 있나?

여자는 철진의 말에 파르르 떨며 사납게 눈을 흘겼다.

—둘 다 재수가 없었다. 미련한 것들은 둔하다. 사람 냄새가 나면 오래 산 것들은 터를 옮길 줄 아는데…….

낫등으로 신호 주면서 풀을 베다가 방심했다고 중얼거리며 철진은 점점 부어오르는 손가락 독상 부위를 비눗물로 씻어냈다. 면 수건을 찢어 철진이 손수 지압을 하는 동안 여자는 발만 동동 굴러댔다. 속이 바짝바짝 탔지만 무엇을 해야 할지 몰랐다.

—얼른 병원 가자. 살고 봐야지.

철진의 왼손 엄지손가락 전체가 검붉게 부어올라 튀긴 닭다리처럼 퉁퉁해졌을 때 여자는 철진이 말리는데도 119에 전화해 항독소가 있는 병원의 전화번호를 받아적었다.

—나는 갇혀 있는 건 싫다. 거기서나 여기서나…… 죽어도

훨훨 자유롭게 죽고 싶다.

여자는 괴로운 듯 숨을 몰아쉬는 철진을 창고 방 토방에 눕혀 놓고 부리나케 방으로 들어가 병원 갈 준비를 서둘렀다. 다행히 한 시간 안에 응급차가 도착할 수 있다고 했다. 마을 입구, 계곡에 걸쳐진 돌다리를 막고 있는 차가 없는지 미리 나가 살펴야 했다.

—희숙아! 잠깐 좀 보자.

괴로운 듯 숨을 몰아쉬며 철진이 뒤안에서 불렀다.

—너 지금도…… 샛별이…… 생각하며 우나? 살았으면 지금 일곱 살이네…… 화은아. 그날 내가 술만 마시지 않았어도…….

—그만 해라. 너는 왜…… 지금 이 상황에 왜…….

사철 덥다는 중국 접경 국가에서 만난 현지 브로커가 일행들을 훑어보다 여자에게 노골적으로 흑심을 드러냈다. 날 밝으면 넘기로 되어 있는 코스가 험난하다며 웃돈을 요구하면서였다. 일행들의 돈을 추렴해봤자 그가 요구하는 선에 맞추는 건 턱도 없었다. 낮에도 인적이 없는 밀림에 북한 보위부에서도 군인을 파견해 곳곳이 위험하다고 했다. 한 달 전에도 탈북자 여섯 명이 잡혀 북송되었다는 말에 선숙 언니가 여자를 숙소 복도로 불러내 사정했다. 야 그깟 몸땡이 한 번 대주라이. 지금 목숨이 왔다갔다하는 판에 그딴 게 대수네? 브로커 놈 눈에 들어 그거이 내준 여자가 한 트럭이야. 몸에 얼라 들어앉지 않음 감사해야지 그저…….

선숙 언니와 옥신각신한 후에 여자가 혼자 밖에 나가 울고 왔을 때 샛별이의 몸이 불덩어리였다.

—내 잘못도 크다. 그날 너 나가고 내가 술 퍼마시고 잤다. 안 그랬으면 샛별이 몸이 이상하다는 것을 알았을 텐데.

느릿느릿 말하는 철진의 호흡이 가팔랐다.

—말하지 말고 가만 누워 있어라.

여자는 숨을 거칠게 내쉬는 철진에게 다가가 점점 부어오르는 오른손을 머리 위로 올려주었다.

여덟 시간 넘게 라오스 산길을 걷다가 땅을 파고 딸아이를 묻은 건 선숙 언니였다. 그만 살고 죽겠다며 울부짖는 여자를 철진이 들쳐 업었다. 물길을 따라가다 밀수 통로인 밀림 속을 지나야 했다. 깊이 들어갈수록 길이 험했다. 철진의 등에 업혀 가는 것 말고 여자가 할 수 있는 건 없었다. 힘이 남아 있다 해도 낯선 땅에 아이를 묻고 혼자 살겠다고 두 다리를 꼿꼿이 세울 수 없었다.

—힘들어도 나 올 때까지 이렇게 있어라. 그래야 독이 안 퍼진다. 밀림 속에서 나 살린 건 너다. 오늘은 내가 너 살린다.

마을 주변의 밭들에서 농산물 수확을 위해 도로가 곳곳에 세운 트럭들과 실갱이를 벌이며 응급차가 마당까지 들어왔을 때 철진이 보이지 않았다. 여자는 철진을 찾아 집 안팎을 뱅뱅 돌고 다녔다. 자작나무와 측백나무와 허물어진 흙더미를 뚫고 어디든 갈 수 있는 길들이 집을 둘러싸고 있었다.

죽지 않는다. 인간의 독보다 무서운 맹독이 있겠냐? ……온몸이 땀으로 범벅이 될 때까지 철진을 찾아 미친 듯이 집 안팎을 돌다 여자는 겨우 기억해냈다. 철진에게 들은 그 마지막 말이 그나마 위안이 되었다.

7

지리지리 이어지던 장마가 물러가면서 곳곳의 마을들은 붕뜬 듯이 소란스러웠다. 경쟁하듯 풀벌레와 산새가 울어대면 묶인 개들이 덩달아 컹컹 짖었다. 베트남 여자들은 흙밭에 엉덩이를 밀고 다니며 한 자리에 서너 포기씩 돋아난 무 싹을 뽑았고, 얼굴이 까맣게 탄 남자들은 푸른 가시가 돋힌 밤송이를 아무렇지도 않게 밟으며 속이 꽉 찬 푸대를 얼굴이 보이지 않을 정도로 싸 들고 트럭으로 옮겼다. 마을 전봇대에는 일꾼을 구한다는 종이쪽지가 비바람에 찢긴 채 나부꼈다.

집 안팎이 말끔해진 것 외에 철진이 한 달을 머물고 간 흔적은 어디에도 없었다.

휑해진 집 안에 흰나비가 날아와 나풀거리다 햇살에 달궈지는 항아리 뚜껑 위에 앉았다. 전나무 사이로 들어와 구멍 속의 쥐를 찾아냈던 고양이는 깨진 항아리 조각들이 치워진 화단이 낯설어 슬금슬금 여자의 눈치를 살피다 돌아갔다.

자작나무 잎새 사이의 햇살 무리는 대기를 희롱하듯 노랗게 넘실거렸다.

나무 그늘 아래 시집 한 권~ 빵 한 덩이~ 포도주 한 병~ 그리고 내 곁에서 노래하는 그대~ 오 사막이 낙원이네.

여자는 은빛으로, 금빛으로 몸을 들까부는 자작나무 잎들 사이로 바람을 닮은 음색을 날려보았다.

뜨겁게 내리쬐는 햇살 아래서 풀은 시시각각 자라났다. 해지기 전까지 급할 것도 없어 한 줌씩 밑동을 잡고 쓱쓱 싹싹 베나가다보면 목줄이 뚝뚝 끊기며 내는 풀의 비명이 들려오는 듯했다. 풀숲에 있을지 모를, 아직 경계를 모르는 뱀들을 위해 여자는 낫등으로 땅을 한 번씩 쳐주다가 흥얼댔다. 나무 그늘 아래 시집 한 권~ 빵 한 덩이~ 포도주 한 병~ 그리고 내 곁에서 노래하는 그대~ 오 사막이 낙원이네…….

노래인지 곡인지 모를 소리를 실어 가는 바람이 품은 향내가 짙었다. 여자는 풀을 뽑다 가끔씩 고개를 들어 차들이 지나가는 국도 너머를 바라보았다. 읍내로 가는 시간표는 아직도 알지 못했다. 내내 벼르던 일이 급할 것은 없었다. 각종 씨앗을 파는 읍내 종묘사는 가게 안에 살림방이 있어 늦은 밤에나 문을 닫았다. 철진이 일군 텃밭에 심을 종자로 무엇이 좋을까, 종종 생각했다. 생명 가진 것들의 앞날에 대해서라면 소름 끼칠 만큼의 확신이 있어 무엇이든 상관은 없었다.

바람빛
자장가

화은입니다!

남한에 와서 개명한 이름, 그대에게는 이미 훈춘에서부터 불렸지요.

햇살 아래 하늘하늘 몸을 열어 해바라기를 하는 은은한 꽃이 떠오른다고 했지요. 물빛, 별빛, 달빛, 하늘빛, 햇빛이 고운 그대의 고향 오색과 닮은 음색이라고도 했습니다.

진지한 얼굴로 이름을 묻는 손님이 흔치 않아 엉겁결에 지어낸 이름을 놓고 그토록 많은 말을 해주던 그대!

이십 킬로미터를 가면 오색,이라는 입석 간판은 도로가 무성한 수풀 속에 박혀 있네요.

어쩌면 그대의 고향일지 모를 오색에 둥지를 틀었습니다. 측백나무와 사철나무가 울타리인 산 아래 빈집으로 오면서 그대를 떠올렸습니다.

찰나처럼 스쳐간 사랑의 언약…….

그것에 희망을 싣고 국경들을 넘었습니다. 남한에 와서 처음 자리잡은 서울 화곡동을 떠나 이곳에 오면서 실낱같은 바람을 가졌지요. 우연히라도, 그대를 만나게 되기를요. 그런 기적이 정말 일어나주기를요…….

몇몇 개의 정거장을 거쳐야 드물게 마을이 나타나는 차창 밖은 빗발 속에 초록이 무성합니다. 향리…… 내동…… 선두리…… 청산리…….

무……량……리……. 풀숲에 박힌 길고 뭉툭한 돌덩이에 새겨진 글자들 틈새로 빗물이 들어갔다 튕겨지는 것을 바라보며 길게 늘여 되뇌입니다. 작년에 이곳으로 터를 옮겨왔지요.

중국 훈춘, 우리가 처음 만난 그곳을 기억하시는지요?

방천 풍경구 쪽을 향해 창이 나 있는 오아시스 모텔 3층의 끝방. 밑이 퍼진 공단 드레스를 입고 검은 우산을 펼쳐 들고 비 오는 거리에 선 여인의 그림이 벽에 붙은 그곳에서 내 몸을 열며 그대가 신음처럼 내뱉었지요. 내 고향을 닮았어 너는…… 색색의 고운 물결이 네 몸에서 출렁거려…….

길가의 돌멩이도 무지갯빛을 품고 있는 오색에서 함께 살자고 그대가 말했지요. 고향이 어디냐고 내게 물으며 두 번째 밤을 함께 보낸 날이었지요.

중국 공안에게 잡힐 경우를 대비해 외워두었던 길림성 매화구시 대신에 스르륵 삼지연을 쏟아내다 눈물을 비치고 말았지요. 떠나온 지 오래인 고향이 그리워서가 아니라, 그대의 눈빛이 봄볕에 날리는 꽃잎처럼 부드러워서요.

아름다운 색들로 둘러싸인 고향을 가졌다는 것밖에 그대에 대해서는 아는 게 없었지요. 짙은 초록색 표지의 여권을 보았으면 아내가 있는 남자인지 정도는 알았을 텐데. 기차를 타고 러시아 우스리스크로 가는 것은 사진을 찍기 위해서였겠군요. 삼박 사일간 머물렀던 훈춘에서처럼 사진을 찍기 위해서임을 그때는 몰랐습니다.

내가 먼저 그대를 유혹했을까요?

늦은 밤 투숙한 당신이 커피를 부탁하는 전화를 해왔을 때부터 가슴이 심하게 요동쳤지요. 그래서, 그대가 연길에서 사왔다며 초콜릿을 내밀었을 때 무심을 가장하며 말했지요. 연길서시장에 혀가 녹을 만큼 맛있는 팥죽을 파는 곳이 있다고.

초콜릿을 주머니에 넣고도 방을 나가지 않는 나를 그대가 의미심장한 눈빛으로, 무언가를 묻는 눈빛으로 조심스럽게 바라보았지요. 그러고도 한동안, 유리창을 열어 밤의 변경 도시에 카메라를 들이대는 그대의 뒤에 바짝 붙어 서 있었지요. 멀리 화려하게 반짝이는 네온사인을 바라보며 그대와 내가 주고받은 침묵이 자연스럽게 침대로까지 이어진 그 밤에 나는 내 인생의 새 역사를 열었지요. 그 밤의 불빛은 붉고 푸르고 순백색을 뿜어 먼먼 곳의 별빛처럼 아름다웠습니다. 조선족으로 위장해 숨어 살며, 술과 순대와 튀김들로 허기진 배와 구멍난 욕구를 채우며 보던 것이 아니었지요.

모텔 조선족 사장이 장춘에 간 기회를 틈타, 훈춘 구경을 시켜달라던 그대와 뒷골목으로 가면서 뛰어대던 심장 소리가 지금도 들립니다. 무모하고 위험한 행동이었지요. 한국으로 돈 벌러 나가 돌아오지 않는 조선족 사장 조카의 신분으로 살고 있었지만 중국 공안의 검문에 걸리면 북송될 위험을 안고 있었지요.

내게까지 그러지 않아도 돼요…… 조선족인 듯이 행동하지 말라는 뜻으로 들렸지요. 맑고 따뜻한 멸치 국물에 시금치와 당근과 채 썬 호박과 밥 한 그릇이 말아져 나온 온반을 먹으며 나 처음으로 마음까지 따스했습니다.

한국에서는 밥 대신 삶은 소면을 말아먹어요. 물국수라고 해요. 고추장에 비벼 먹으면 비빔국수……. 그대가 또박또박 일러주었지요.

내게까지 그러지 않아도 돼요……. 그대가 떠난 후에도 내내 그 말을 밑천 삼았지요. 그대의 부드러운 눈빛과 목소리를 아끼듯이 간직하면서요.

훈춘의 노래방과 모텔과 식당에서 일하는 고국의 사람들이 가기 위해 혈안이 되어 있는 남한에서 왔다는 그대와 무작정 함께 있고 싶었습니다. 콘돔과 위안화를 노골적으로 흔들며 매춘을 제의해오던 러시아인이나 북한에 있는 가족들 걱정 없이 살게 해줄 수 있다는 말을 끝내기도 전에 치마 밑으로 손을 집어넣는 조선족 사장과는 다른 그대가 그저 좋았습니다. 방천에 함께 간 그대가 용호각 전망대에서 내 고국 땅을 향해 반나절 넘게 카메라 렌즈를 들이대는 것을 보면서도 사진의 용도가 궁금해본 적은 없었지요.

빗발이 날카롭습니다.

밭과 논으로 펼쳐진 마을로 건너가는 계곡을 눈앞에 두고, 나를 내려주고 간 버스의 뒤꽁무니를 한참 바라보았습니다. 딛고 선 땅이 쑥 꺼져버릴 듯 엄습하는 이 불안의 정체가 무엇일까요?

아침나절까지만 해도 마을들은 붕 뜬 듯이 소란스러웠습니다. 동네 여자들은 줄줄이 앉아 고추 모종을 심었고, 남자들은 이모작을 위해 밭을 갈며 한층 차려입고 나가는 나를 흘끔거렸지요. 곳곳에서 자라는 농작물들로 사방 어디든 푸르렀습니다.

지금 우산도 없이 빗속을 걷는 이유, 거짓말 같은 기적이 일어났기에 두근거림을 잠재울 수 없어서라고 말할 수 있었으면 좋겠습니다.

그대가 꽤나 알려져 있는 사진작가라는 것을 오늘 알았습니다. 당신의 이름도요.

오광휘. 국경 지역의 분쟁이나 인권 문제 등을 주로 다루는 전문가더군요. 보고 듣고 느낀 것을 기록하고 사진으로 남기는 유명 인사.

그대는 중국에 사는 탈북 여성의 실태를 글과 사진으로 기록한 책의 저자이기도 하더군요.

사진작가로 살아온 20주년을 기념하는 순회 전시회를 고향에서도 갖는다는 광고지 속에서 당신의 웃는 얼굴을 보았습니다. 훤히 드러난 이마, 야무진 입매, 은근하게 웃던 눈빛을 떠올리며 그대의 사진 작품들이 전시되어 있다는 시청 시민홀로 갔지요. 천연 염색을 배우려고 준비했던 흰 보자기를 든 채로요. 시내 정류장 광고판에서 그대의 사진을 보자마자 내가 어디 가는지 잊었거든요.

마음을 추스르는 데 도움이 된다 하여 일주일에 한 번 시내에 나가 천연 염색을 배우고 있답니다. 홍화를 따다 말리고 물에 불려 둥글둥글 개서 뽑은 염료로 들인 붉은 스카프를 목에 둘렀을 때 제일 먼저 그대가 떠올랐습니다. 남한에 와서 망설임 없이 개명한 '화은'을 북한에서의 '희숙'보다 더 사랑하는 것에는 늘 그대가 있었지요.

전시실 한쪽에 둔 책상에서 안내를 하던 아가씨가 일러주더군요. 당신이 일주일 뒤에 내려와 폐회식에 참석한다고요. 꼼꼼하게 날짜와 시간을 받아 적으며 얼마나 떨었던지요. 그대의 작품들, 〈훈춘의 밤의 여인들〉을 보기 전이었지요.

훈춘의 밤의 여인들…….

불빛이 명멸하는 방천 풍경구의 사진은 대문짝만하게 컸던 듯하네요. 그대가 그것을 찍을 때 나는 알몸으로 침대에 누워 공단 우산을 들고 비 오는 거리에 서 있는 우아한 여인을 보고 있었지요. 그러고 보니 그대는 사흘 내내 정사 후에도 일어나 전망 좋은 모텔의 창문을 열어놓고 사진들을 찍어댔지요. 담배 한 갑을 다 비우며 동이 터올 때까지 창가에 서서 사진을 찍은 날도 있습니다.

내가 살다 나온 시절의 훈춘이 넓은 전시실 가득 살아 꿈틀거림을 느꼈습니다. 북한과 러시아 등의 항구를 빌어 바다로 나가려는 중국에 있어 황금의 삼각주. 그래서 밤이면 돈과 타지에서 온 인부들의 허기진 욕망이 넘쳐났던 곳…….

스산한 눈빛의 탈북 여성들 사진들 속에, 러시아 아이스크림을 빨며 웃는 내가 조금도 특별할 것은 없었지요. 그저 당신의 사진 설명 속 한 명의 탈북 여성에 불과할 뿐.

많은 탈북 여성들이 러시아인, 중국인, 한국인 가리지 않고 밤의 도시에서 몸을 팔고 있다는 설명이 붙은 사진들은 전시실 정중앙에 붙어 있었지요. 그 속에서 저는 명멸하는 도시의 불빛들 한가운데 있는 듯 어지러웠습니다. 천정이 빙빙 돌아 쓰러질 뻔했지요.

훈춘 뒷골목에 들어가 온반을 먹고 나왔던 날, 길거리에서 아이스크림을 들고 웃는 내 사진, 늘 내 옆에서 오색을 읊던 그대가 언제 그 사진을 찍었을까요?

아이스크림보다 더 달게 웃는 내 등 뒤로 노무자로 보이는 러시아인들이, 독한 술에 절어 얼굴이 붉고 머리는 헝클어져 있는 그들이 실상 나보다 더 부각되어 보였지요.

남한에 내려와 자살 시도와 우울증을 겪어낸 내 눈에 세월 저쪽의 나는 푸르고 풋풋했습니다. 사랑에 빠져 행복해하는 모습이라니……. 그대의 말처럼 숨어서 은밀하게 몸을 팔며 살던 시절이었는데도요.

대기를 희롱하듯 노랗게 넘실거리는 햇빛과 몸을 섞으며 환희에 찬 발걸음을 내딛고 싶지요. 은빛으로 금빛으로 몸을 들까부는 자작나무 잎들 사이로 내리는 햇살을 받으며 그대를 만나러 갈 날을 고대하고 싶은 마음 간절합니다. 폐회식을 하는 그대를 먼발치에서라도 봐야 할지 그만둘지, 내 발걸음은 한없이 휘청거릴 테지만요.

저는 방송 출연을 앞두고 있답니다. 귀농한 탈북인들의 성공한 삶을 보여주는 특별 기획 프로그램이라는군요. 강원도 오색에 대해 처음 들었던 훈춘에서의 아름다웠던 시절도 언급할 마음을 먹었을 때 내 얼굴에 피어난 게, 찰나처럼 짧았던 뜨거운 사랑의 추억이었지요…….

스물일곱 희숙은 그해 겨울 유난히 추웠던 훈춘 땅에 묻고 온 줄 알았습니다. 그런데 아니었습니다. 누구도 아닌 바로 그대의 카메라 속, 위안화와 원화와 루블화 앞에 함부로 몸을 여는 탈북 여성으로 사각의 프레임에 갇혀 있더군요. 2012년 젊은 새 지도자의 등극을 앞두고 얼어붙어가던 내 고국 땅보다 더 차고 엄중한 카메라의 시선에 잡혀서 말입니다.

내게 오색의 아름다움을 알려준 그대!

한 가지 묻고 싶은 게 있습니다. 그 밤, 어쩌면 샛별이를 잉태했다고 느껴지는 그 밤, 그대가 내 몸속으로 들어오며 한 말, 혹 남한 오거든 함께 살자……가 별빛보다 먼 허언이었는지요? 몸을 함부로 굴리는 탈북 여성들 누구에게나 흘릴 수 있는 교성 이상도 이하도 아니었는지요?

서른셋, 삼삼하게 인생의 고운 빛만 품어내며 살자고 염색을 배우며 다짐하지요. 그대를 만난다면 은은한 빛깔의 꽃처럼 웃고 싶습니다. 그러나 그대의 사진 설명 속의 문구가 영 지워지지 않을 것 같습니다.

고국을 떠나온 여성들, 몸을 무기로 그녀들이 얻고자 하는 것!

과연 그것이 다일까요? 나를 품으며 남한에서 만나면 함께 오색에 살자고 속삭였던 그대에게만은 묻고 싶습니다. 나…… 그대를 찾아 오색에 온 화은이가요…….

심봤다

*

숲속 나무들을 뒤흔드는 비바람 소리가 거셌다.

산중의 빈집 토방에 웅송그리고 앉아 있는 여자를 보았다면 들어오지 않았을 것이다. 조금 덜할 뿐 함석지붕을 타고 흐르는 빗물을 피할 수는 없었다. 올무에 다친 발목 상처 부위가 통증으로 스멀거린다. 가려운 것인지 아픈 것인지……. 아침나절만 해도 흰 구름이 느릿느릿 흘렀던 하늘을 올려다보며 나는 배낭 지퍼를 열어 소주가 담긴 생수통을 꺼냈다.

—좀 들겠소?

여자는 고개를 좌우로 가볍게 젓는다.

—그럼 나만…… 갑자기 한기가 들어…….

여자의 분홍 운동화는 빗길을 걸어온 행적을 그대로 드러내고 있다.

—이 높은 곳에 어떻게……?

그 차림으로 올 곳이 아니라고, 나는 질책을 숨긴 목소리로 물었다. 어림짐작으로도 해발 이천 미터는 넘는 곳이다. 무슨 배짱인가? 밑자락이 점점 넓게 퍼지는 붉은 꽃무늬 치마 위로 헐렁하게 흘러내린 흰 티셔츠도 팔꿈치를 가릴까 말까다. 홍화를 찾아왔다는 여자의 말이 바람 소리에 가려 겨우 들린다.

홍화가 딸인가? 나는 쓸데없이 물었다고 후회하며 빈 물통을 수풀이 우거진 마당가 너머로 던졌다.

—빗길에 미끄러져 발을 삐었어요.

여자의 왼쪽 발목은 땅속에서 세상모르고 굵어진 고구마처럼 둥실 부어올라 있다.

산이 그렇게 만만한 게 아니오……. 나는 나오려는 말을 누른다. 배낭 속에 진통제 한 알 없다. 입산할 때 상비약을 기본으로 챙기라는 큰매형의 당부를 이번에도 잊었다. 세 개의 도와 다섯 개의 시와 군에 걸쳐 있다는 이 산속에서 헤맨 게 어제 해질녘부터다. 경계를 넘어 다른 산으로 온 것인지 인가가 보이지 않아 확인할 방법이 없었다.

지금 큰매형은 애를 태우며 나를 기다리고 있을 것이다. 오늘 오후 5시까지는 모둠을 쳤던 산 초입에 모여 이동할 계획이었다. 입산일과 하산일 모두 홀수일을 지켜야 한단다. 오늘이

음력으로 9월 23일이라고 했다. 토끼날이라던가, 원숭이날이라던가?

처남 나 따라 다녀봐. 착한 사람이라 목 아프게 심봤다 외칠 날이 올 거야. 산삼은 신이 점지해주는 거야. 오랜 심마니의 눈에만 보이는 게 아니라니까.

31년차 경력의 큰매형이 나를 심마니들 틈에 끼워준 것은 작년에 팀의 리더가 되면서였다. 팀원을 홀수로 맞춰야 한다는 불문율대로 오 년 경력의 심마니가 떠난 자리에 나를 넣었다. 처음에는 건성으로나마 이것저것 배웠다. 산삼은 험하고 훤한 곳에 있으면서도 잘 안 보인다는 것, 지형을 보는 안목은 필수고 항시 눈과 귀를 열어둬야 어린 야생 삼이라도 볼 수 있다는 것……. 가끔은, 멀리 흘러가는 구름을 보며 산속에서 조용히 죽는 것도 좋겠다는 생각을 했다. 그러느라 정신을 놓아 흡혈 진드기 떼에 물렸고, 독사에 물리는 소동도 벌였다. 바위 수렁이 많은 곳은 산삼이 있을 가능성도 높지만 독사도 많다는 말을 들은 지 한 시간도 되지 않아서였다.

육구만달의 천종삼을 찾아 목청껏 '심봤다'를 외치는 날을 꿈꾼 적은 없다. 빈 가방을 털레털레 흔들며 내려오는 게 허적해 우연히 본 희귀 버섯을 욕심낸 적도 없다. 산삼 채취를 핑계로 산에 올라다니지 않았다면 나는 진작에 목을 매달았거나 동맥을 그었거나 독약을 먹었을 것이다. 흘러가는 구름을 바라보다 홀연히 몸을 돌려 산 어디든 휩쓸고 다닌 지 해를 넘겼다. 그간 나는 방울삼 한 뿌리 보지 못했다. 화진과 헤어지고 몇몇 해를 허송세월하며 날린 것에 비하면 무엇도 대수롭지 않았다.

이제는 우산이 있어도 쓸 필요가 없겠다 싶게 몸이 젖은 후에야 엄청난 기세로 퍼붓던 비가 잦아들었다. 단단히 뭉친 먹구름이 서서히 풀어져 내리는 것을 보며 나는 옆에 벗어둔 배낭을 챙겨 들었다.

—왼쪽 발목을 삐었는데 왜 오른쪽이 더 아프지요?

배낭을 들고 일어서는 내게 여자가 스커트 자락을 위로 들어올리며 종아리를 드러내 보인다.

—그게…… 왼쪽이 못하는 일을 오른쪽이 해야 하니…….

내게 보이려는 게 발목이 아니라 흰 종아리인가? 나는 추처럼 무겁게 다물고 있던 입을 열어 머뭇머뭇 말했다.

—비가 더 오지는 않겠지요?

돌아서려는데 선수 치듯 여자가 물었다. 그 절박한 목소리가 내 몸에 박차를 가했다. 냉정함을 보여야 할 때는 빠를수록 좋다. 퉁퉁 부어오른 발로 혼자 갈 수 없다고 여자가 도움을 청하는 순간과 마주하고 싶지는 않다.

길게 빼문 혓바닥 모양의 선인장을 사 들고 나를 찾아왔던 날, 화진도 간절한 몸짓을 내게 보냈었다.

*

온몸에서 쉰 땀내가 솟던 여름 한낮이었다. 반바지를 돌돌 말고 러닝셔츠를 접어 아랫배를 훌렁 드러낸 채로 맞은 화진을 나는 얼른 알아보지 못했다. 화진이 "문 연 가게들이 없더란 말입니다……"라며 작은 선인장 화분을 내밀 때까지.

내 연락처를 적어둔 수첩을 잃어버려 늦게야 세검정 '명광조명'을 기억해냈다는 화진의 말은 믿기지 않았다.

작은형수가 건너 건너 안다는 이가 놓아준 다리로 선을 보게 되었을 때 나는 얼마쯤 들떠 있었다. 마흔셋에 늦장가를 갈 수 있기를 기대했다. 한국에 들어온 지 채 일 년이 안 되었다는 여자는 나보다 네 살 아래였다. 서른아홉이면 서둘러야 아들이든 딸이든 하나 낳을 수 있겠다고, 나는 김칫국부터 마셨다. 곳곳에 목련과 벚꽃과 진달래가 피어 사방 천지가 환한 봄이었다.

대림동 차이나 레스토랑에서 화진을 만나고 온 후에 전화를 걸었다. 신호음이 열 번 넘게 이어지다 끊길 때까지 핸드폰을 받지 않았다. 예닐곱 번쯤 전화를 해보다가 포기했다. 얼굴도 반반하고 웃는 것도 예뻤다고, 아쉬움이 남았지만 더는 어찌해 볼 수가 없었다. 처음 만나 허황되게 내 자랑만 늘어놓은 것이 후회되었다.

이성계가 칼을 씻은 냇가라고 해서 동네 이름이 세검정이오.

동네 와서 명광조명 물으면 모르는 사람이 없소……. 세검정의 정자에서 맞바라보이는 2층짜리 건물을 통째로 임대했다는 말에 화진이 눈을 빛냈던가? 삼백만 원이 넘는 조명등이 줄줄이 걸렸다고, 나는 취기가 오를수록 어깨를 으쓱거렸다.

혓바닥을 빼물고 뭐라고 말하는 것 같네. 더워서 헉헉거리는 것 같기도 하고. 오돌토돌 혓바늘이 돋은 것처럼 보이네. 꽃 가게 할아버지가 오늘 문 열었나 보네. 일요일에는 가게 문 잘 안 여는데. 운 좋았네.

나는 쓸데없는 말을 마구 지껄였다. 가게에 딸린 아래층 창고 방으로 화진을 들이고 믹스커피를 타서 내밀고도 어색함이 사라지지 않았다. 그 순간에도 머릿속이 복잡했다. 선 자리에서 한 번 본 남자를 거의 일 년이 넘어 찾아오는 경우도 있나? 내 전화를 받지 않은 이유는 뭐지?

여기 오다가 카센터 봤소? 꽃 가게 할아버지 아들이 하는 건데……. 어색해서 또 다른 말거리를 찾다가 나는 훅 입을 다물었다. 짙푸른 물이 톡톡 떨어질 듯한 혓바닥 선인장 가장자리마다 별이 포개진 모양의 붉은 꽃이 피어 있었다. 막 떨어지는 생피 같은 빛깔의, 촘촘한 가시들 속의 선홍빛 봉오리가 정녕 꽃인지 확인하기 위해 나는 고개를 숙였다. 손바닥 안에 쏙 들어오는 작은 플라스틱 화분의 마른 흙 속 어디에 그것의 뿌리가 있는지 알 수 없었다.

내가 입을 다물고서야 화진은 긴장을 풀며 조금 웃었다.

꽃 가게 할아버지가 말을 재밌게 하더란 말입니다. 봐서 죽겠다 싶으면 푸지게 물 한 번씩 주더라고잉. 달포에 한 번이면 충분혀. 사막이 뿌리라 그려도 살어……. 꽃집 할아버지의 말을 흉내내며 방바닥에 뻗었다가 오므리기를 반복하는 화진의 원피스 속 종아리는 억세게 불거져 나온 무릎과 달리 뽀얗게 맨들거렸다. 애써 시선을 피하려는데 갑자기 더운 숨이 훅 올라오며 몸이 뜨거워졌다.

*

여자를 빈집에 두고 내려오면서 나는 뒤돌아보지 않았다. 올무에 찢긴 장화 틈새로 푹푹 바람이 빠져 걸음이 더뎠다.

물이 졸졸 내려오는 계곡 한가운데 크고 작은 돌덩이들이 더미를 이루고 있다. 나는 주변을 두리번거리다가 커다란 돌부리에 발이 채였다. 빗물에 젖은 흙길도, 울퉁불퉁한 눈앞의 돌길도 두렵다.

—중간마니! 어디 있어? 심봤다 노래 좀 불러봐~ 내 말 들려?

나는 주변에서 부스럭거리는 소리만 들려도 크게 소리를 질렀다.

중간마니와 동떨어진 것은 꿈속의 느낌을 좇아 발걸음을 옮기면서였다. 꽃대가 힘차게 올라오고 수많은 달이 빨갛게 익은 산삼을 땅속에서 뽑아 올리는 꿈이었다. 얼마나 우렁차게 '심봤다'를 외쳤던가. 영롱하게 매달린 붉은 빛깔의 열매가 모둠 천막에서 잠을 깬 뒤에도 어른거렸다. 해가 높이 뜬 뒤에도 산삼을 품에 안았던 묵직함이 생생했다. 뿌리가 박힌 곳에서 하얀 김이 솟아올랐던가? 꿈 덕을 보겠다고 고목나무 밑 잔가지들을 치우고 속까지 더듬느라 해가 지는 것도 몰랐다. 멧돼지 사냥을 위한 올무에 발이 걸린 것은 어스름이 내린 후였다. 질긴 풀줄기에 걸린 줄 알고 발로 올무를 걷어찼다가 일이 커졌다. 복숭아뼈 아래의 살점이 툭 떨어져나가면서 속수무책으로 피가 흘러내렸다. 낙엽들을 끌어모아 산속에서 밤을 보내는 동안 살점이 떨어져나간 틈에 피고름이 뭉쳤다.

—중간마니. 내 말 들려?

멀리 떨어졌을 때 연락을 취하는 무전기도 그가 지니고 있었다. 지금쯤 그는 한 조인 나를 챙기지 못했다고 큰매형에게 질책을 받고 있을지 모른다.

—중간마니. 내 말 들리면 노래 좀 불러봐.

열아홉 살부터 험한 산길을 타고 다녔다는 그는 늘상 힘차게 노래를 불렀다.

잠을 자고 일어나~ 망태를 메고서~ 동녘 햇살 받으며~ 산

속을 헤맨다~ 한 뿌리만 캔다면~ 부모님 공양하고~ 두 뿌리를 캔다면~ 나 장가 가야지~

삼 년을 살다 왔다는 중남미의 어느 바닷가를 말할 때면 그의 얼굴에서 빛이 났다. 채심으로 한몫 챙기면 다시 가서 해변가에 오두막을 짓고 예쁜 여자와 살겠다고 입만 벌리면 노래를 불렀다. 계곡물에 씻은 곰취 잎에 찬밥 덩어리와 고추장을 싸 먹으며 듣는 그의 꿈은 얼른 그림이 그려지지 않아 더 아름답게 느껴졌다. 어이없이 오십 줄에 들어선 내게는 더더욱이나…….

동갑인 내가 좀체 속내를 드러내지 않을 때마다 중간마니는 서운한 기색으로 말했다. 왜 그렇게 말을 아껴요? 어차피 죽으면 꾹 다물릴 입인데…….

*

나는 막연히 흘러가는 어두운 하늘 속 구름을 바라보았다. 그저 구름이 흘러가는구나,라고 되뇌며. 어느 방향으로 흘러가든 덧없기는 매한가지일 터.

커다란 잣송이가 툭 떨어지듯 손쓸 사이 없이 내게 온 화진과의 만남과 이별이 가끔은 아연했다. 그것이 정말 내 인생에서 일어났던 일인지.

길게 빼문 혓바닥 모양의 선인장 화분이라도 남겨두었더라면…….

그랬더라면 이 년 가까이 내 옆에 아내가 있었다는 게 실감날까?

한국 사람들이 얼마나 웃기는 줄 알아요? 툭하면 죽을 뻔했대. 더워서 죽는 줄 알았다, 웃겨서 죽는 줄 알았다…… 정말 죽을 고비를 넘긴 나는 그런 말 함부로 못한단 말입니다…….

세검정 냇가가 끝나가는 지점의 중식당에서 빈 술병들이 늘어갔을 때 화진이, 몇몇 개의 강을 건너 한국에 왔다고 말했다. 나는 취기로 몸이 어지러워 그녀가 말하는 두만강이 도망강으로 들렸다. 한국에 와서 사기를 당해 돈을 날리고 우울증이 생겼다고, 죽으려고 약을 먹으려다 불현듯 내가 생각났다고 말하는 화진을 덮치듯이 안았다. 그 돈 내가 벌어줄게요. 내가 뭐든 해서 돈 벌면 되지 뭐……. 달뜬 목소리를 숨 가쁘게 내지르며 나는 함부로 포갠 입술을 떼지 않았다.

매달 적자에 월세도 제대로 못 내는 가게를 처분하고 카센터 정비사로 들어가 월급쟁이로 복귀했다면 결혼생활이 순탄했을까?

많이 고민했지만 선뜻 결정하기 힘들었다. 중단된 홍은동 아파트 공사가 재개될 것이라는 정보가 떠돌던 시점이었다. 입주가 시작되면 인테리어를 새로 하는 집들을 물색해주겠다는 부동산 중개업자의 장담도 있었다. 때를 기다리는 게 그간의 손해를 막는 방법이었다. 십 년 넘게 카센터에서 번 돈을 쏟아 건물을 임대했기에 옴짝도 할 수 없었다. 근방의 평창동과 부암동에 저택이 많아 값비싼 조명등을 팔 수 있다는 이점만 생각해야 했다.

몸에 기름때 묻혀가며 남 밑에서 일하는 것도 지긋지긋했다. 카센터 정비사보다 조명기기 판매상이라고 말하는 게 어디서든 폼이 났다. 거리를 압도할 만한 간판도 새로 달았다. 늦은 밤, 휘황한 네온사인이 출렁이는 속에서 나는 허풍이 늘어갔다. 장사가 안 될수록 거대하고 비싼 제품을 사들여 전시했다.

카드빚으로 꾸려나간다는 것을 화진에게도 숨긴 채로 건물 2층을 비워 살림집으로 꾸미면서 신혼살림을 시작했다. 훤히 트인 통유리창으로 인왕산 자락이 통째로 들어오는 게 좋았다. 마흔넷에 늦장가를 가는 나를 위해 형제들이 십시일반 내놓은 돈으로 텔레비전과 냉장고와 열두 자 장롱을 샀다. 사기를 당해 빈털터리가 되었다는 화진이 들고 온 것은 커다란 옷가방 하나가 다였다.

화진이 대림동 순대국밥집에 일을 하러 나간 건, 결혼한 지 삼 개월이 지나서였다. 두 달째 건물 월세가 밀려 있어 생활비도 못 주는 처지라 나는 화진이 한 달에 얼마를 버는지, 하루에 몇 시간 일하는지 떳떳하게 묻지도 못했다.

*

시흥에 사는 작은형의 전화를 받았을 때 나는 청운동 마당 넓은 집에 있었다. 거실 크리스털 전구를 갈아주러 갔다가, 정원수 주변으로 조명등을 설치하라고 집주인을 설득하고 있던 차였다. 작은형은 다짜고짜 대림동 술집에서 화진을 봤다고 했다.

니 형수에게는 절대 비밀이다. 남부끄러워서 원. 나 그런 데 자주 다니는 사람 아니다. 내가 잘못 본 거였으면 싶더라. 제수씨 척 봐도 반반한 얼굴 아니냐. 나는 제수씨를 한눈에 알아봤다니까. 겉은 그냥 식당이야. 양꼬치 구워준다고 홀 테이블마다 여자들이 하나씩 달라붙어서는…… 거기서 꿍짝꿍짝 눈 맞아 이차로 모텔 가고 그런다는 소문을 아는 사람은 다 알아.

작은형의 말을 듣고 당장 대림동으로 달려가지는 않았지만 일이 손에 잡히지 않았다. 전시품을 바꾸려고 사다리를 걸다가 백합꽃 조명등 다섯 개를 와장창 깨뜨리고 나서야 그동안 화진이 많이 이상했다는 생각이 들었다. 강원도 속초에 산다는 향미씨 집에 간다고 삼 일 동안 집을 비웠던 것도 떠올랐다. 새삼 의혹이 일었다.

향미가 아프대요. 시골살이가 힘든 모양이야. 북한에도 피붙이 하나 없는 향미 내가 안 챙겨주면 죄받아요……. 번번이 명

분 있는 이유를 대는 화진의 발길을 나는 막을 수가 없었다.

속초에서 돌아오면 화진은 그다지 흥미롭지 않은 이야기들을 늘어놓았다. 향미 씨가 사는 동네의 노파 이야기는 수차 들었다. 제집 것인 양 장독을 열고 고추장과 된장을 쓰윽 퍼 간다는 얘기, 밤중에 찾아와 혼자 자고 있는 향미 씨 옆에 누우며 자리끼를 잊지 말라고 당부한다는 얘기…….

한 달에 두서너 번 속초에 다녀오면서 왜 매번 정신이 오락가락한다는 노파 이야기만 해대는지 나는 생각해보지 않았다. 작은형이 한낮에 전화를 해오기 전까지는.

화진의 뒤를 밟는 나날은 지옥이었다.

집 근처 정류장에서 2호선 신촌역으로 가는 화진의 뒤를 밟을 때는 택시를 탔다. 153번 버스 뒤를 따라가달라는 요구에 짜증을 내는 택시 기사에게는 돈을 내밀었다. 신촌 지하철역에서 내리는 화진을 보지 못해 두 번은 중도에 실패했다. 버스가 서는 정류장마다 눈에 불을 켜고서야 이대 전철역 안으로 들어가는 화진을 보았다. 지하철 옆 칸에서 유리문으로 살피다가 화진을 뒤따라 대림역에서 내렸다. '연변 양꼬치'라는 간판을 단 식당으로 들어가는 화진을 보면서는 가슴이 얼어붙었다.

그날 밤 화진은 해가 진 후에 한 사내와 나란히 식당을 나왔다. 작은형의 말대로 이차를 가는 것인가? 노래방과 호프집과 오락실이 늘어선 거리 한복판에 주저앉아 나는 식은땀을 흘렸다. 심장이 떨어질 듯이 후들거렸다. 내 눈으로 보게 될 것들이 두려워 땅바닥에서 오래 일어나지 못했다.

일주일에 두어 번, 화진은 거짓말을 했다. 단체 손님 예약으로 늦는다고 했다. 그런 날이면 어김없이 저녁에 식당에서 나와 한 사내와 어딘가로 갔다. 사내의 낡은 트럭이 세워지는 곳은 도로에서 한참이나 떨어진 고물상 옆 공터였다. 해 지면 인적이 드문 어둑한 곳에 트럭을 세우는 사내는 작은 키에 몸집이 다부졌다.

개새끼…….

늦은 밤에 화진의 허리를 안고 가는 그의 뒤를 따르며 나는 힘없이 뇌까렸다.

카센터에서 함께 일했던 후배의 도움으로 날을 잡아 트럭의 뒤를 쫓았다. 도로변에서 약간 올라간 건물 한쪽에 붙은 철문을 열고 사내와 화진이 들어가는 것을 나는 후배가 운전하는 차의 조수석에서 지켜보았다. 놀랍게도 우리 집과 그리 멀지 않은 녹번동 산자락 아래였다. 두 사람이 트럭에서 내릴 때 화진의 한쪽 손엔 대파가 삐져나온 쇼핑 봉투가 들려 있었다.

다음날 화진이 일하러 가기 무섭게 나는 쇠망치를 들고 그곳을 찾아갔다. 외관이 을씨년스럽기까지 한 낡은 건물 한쪽에 달아 낸 원룸이었다. 근방의 건물들마다 재건축 통보를 알리는 딱지가 붙어 있었다. 쇠망치를 휘둘러 철문 옆의 유리문을 깨는데 망설임은 없었다. 깬 유리창 안으로 손을 밀어넣어 철문을 열었다. 눈앞에 다른 세상이 펼쳐졌다. 도로변을 향해 길게 뻗은 유리창가의 화분들 속에서 색색의 꽃들이 햇살에 넘실대는 것을 나는 멍하니 바라보았다. 텔레비전이 놓인 나무 장식대 위의 액자 속 사내는 온화한 인상이었다. 뭐라고 설명할 수 없는 열패감이 밀려왔다. 쇠망치를 들고 터덜터덜 걸어나오다 현관문 아래의 시멘트 계단에서 발을 헛디뎠다.

화진의 실토를 받아내고 손이 발이 되게 빈다면 용서를 하겠다고, 결심은 번복과 반복을 거듭했다. 내색 않고 아침저녁 화진을 대할 때 속에서는 불이 났다. 창고 한쪽에 처박아둔 쇠망치를 다시 꺼낸 것은 화진이 외박을 통보하던 날이었다.

향미가 몸이 아프대요. 어제 전화가 왔었어요. 가게도 바쁘니까 점심 장사 끝내고 해 지기 전에 시외버스 타고 다녀올게요. 하루만 자고 올게요. 내가 생일 선물로 사준 분홍색 원피스를 입으며 말하는 화진을 나는 똑바로 바라보지 못했다. 정말 속초에 갈지 모른다는 기대는 하지 않았다.

초저녁부터 카센터 후배를 불러내어 코가 비뚤어지게 소주를 마실 때까지만 해도 한밤중에 쇠망치를 들고 택시를 잡아탈 계획은 없었다. 유리창 안의 망사 커튼 사이로 내비치는 광경을 나는 현실이 아닌 듯 바라보았다. 무언가를 사내의 입 속에 하나씩 넣어주고 가는 화진의 모습이 창가에 나타났다 사라졌다.

그 속에 들어가 당장 쇠망치를 휘두를 용기가 나지 않았다. 근방의 가게에서 소주를 사서 마시며 주변을 배회하는 동안 불이 꺼진 그들의 방이 멀리로 보였다. 아주 잠시, 그냥 돌아가자는 결심이 섰다. 그러나 술의 힘을 빌어도 그 밤을 온전히 보낼 수 있을 것 같지 않았다.

두 사람의 맨몸뚱아리보다 먼저 고소한 음식 냄새가 나를 맞았다. 색색의 재료로 만든 김밥이 둥근 찬합 가득 촘촘히 담겨 있었다. 멸치와 아몬드를 섞은 고추 장조림에서는 더운 김이 풍겨나왔다. 쇠고기 장조림이 든 사각 유리통을 화진의 가랑이를 향해 던진 게 먼저였던가, 등허리에 쇠망치를 휘두른 게 먼저였던가?

내일 소풍 가는 모양이네? 휘두르는 쇠망치가 무엇을 향하는지 나는 알지 못했다. 담벼락에 기대앉아 마신 소주가 몸에서 열을 발산했다. 다 설명할 테니 제발 진정하라고, 아니면 경찰을 부르겠다고 벗은 몸으로 허둥대던 사내를 쇠망치 대신 발로 가격했다. 힘찬 발길질이 그의 아랫배로 쏟아지던 감각만은 술이 깬 뒤에도 생생했다.

*

돌덩이들이 쌓인 길을 내려오다 낙엽 속에서 머리를 내미는 뱀을 보고 움칫 멈췄다.

독사인가?

아직 그것을 구분할 능력은 내게 없다. 산삼 채심을 위해 오른 산에서 보는 뱀은 길조라고 들었다. 그렇지만 성하지 못한 몸으로는 내 팔 길이의 반도 안 되는 뱀도 무섭다. 서둘러 옆길로 빠졌다.

산중턱에 계곡이라니. 물이 졸졸 내려오는 계곡 한가운데 크고 작은 돌덩이들이 더미를 이루고 있다. 나는 주변을 두리번거리다 돌부리에 발이 채였다. 어느 방향의 능선을 타야 할지 몰라 한동안 허둥거렸다. 길을 잘못 들었는가?

바람에 몸통 전체가 좌우로 흔들리는 것을 보면 땅속의 뿌리가 뽑혀 있는 것인가?

금방이라도 꺾일 듯 흔들리는 멀리의 나무를 바라보기 위해 나는 고개를 길게 빼들었다.

몇 개의 잔뿌리만 간신히 땅 속에 박혀 버티고 있는 것인가?

비바람 속에서 유독 심하게 흔들리는 듯 보이는 저 나무도 헛것인지 모른다. 내 눈에 보이는 것 모두를 불신하는 데도 이제는 점점 이력이 붙어가고 있다.

겨우겨우 이어지던 좁은 내리막길이 자취 없이 사라졌다. 돌덩어리가 마구 굴러다니는 험한 산길을 내려오다가 나는 보고 말았다. 축축한 나뭇잎 위에서 뒹굴고 있는 두 마리의 뱀을.

뱀들도 암수가 얽혀 교미를 하나?

씨를 잉태한 암컷이 그것을 뱃속에서 키워 작은 새끼 뱀을 세상에 내어놓나?

뱀의 종족 번식에 대해서는 아는 게 없다. 그렇지만 타들어 갈듯이 애타는 몸짓으로 서로를 밀듯이 당기며 안간힘을 쓰는 행위가 무엇인지는 직감으로도 알겠다. 그들이 벌이는 몸짓이 내 눈에는 슬프게만 보인다.

언뜻 고개를 든 뱀 한 마리와 시선이 부딪친 듯해 나는 소스라치게 놀랐다. 그러다 믿기지 않는, 비탈길 저 아래에서 벌어지고 있는 일에 하마터면 또 발을 헛디딜 뻔했다.

함께 비를 피했던 여인인가? 사내들 틈에 에워싸여 끌려가는 형국인 여인이 자세히 보일 만큼 가까운 거리는 아니다. 사내 둘이서 운신이 힘든 여인을 상대로 인적 드문 산에서 할 수 있는 짓거리를 떠올리는 동안 머릿속이 하얗게 비워졌다.

그렇게 두고 오는 게 아니었다. 지금이라도 혼신을 다해 저들을 막아야 하나? 이 지경으로 나를 몰아넣다니. 악몽이 맞아…….

내가 잃은 것이 길만은 아닌 듯하다. 그러나 여린 여자를 두 사내가 끌고 가는 듯했던 눈앞의 상황은 환영인 듯 금방 사라졌다.

헛것을 봤나?

개박살을 내고 화진과 인연을 끊은 뒤로 종종 헛것이 보였다. 혼자서 자주 중얼거린다는 말은 큰누나에게 들었다. 혼잣말을 하면서 허공에 대고 주먹질을 해대는 것을 한 번만 더 보면 병원에라도 데리고 가겠다고 생각한 적이 많았단다.

대체 무슨 생각을 하며 허공에 대고 주먹질을 하는 것일까?

말해봐. 어서 말해. 제발 말해봐. 이차로 사내놈들과 모텔 드나들면서 돈을 얼마나 벌었냐? 말해보라니까. 트럭 기사 그 자식한테는 얼마나 받았냐? 돈을 얼마나 주길래 나 속이고 붙어살았느냐고?

뺨에서 불이 나게 화진을 때렸던 것을 떠올리며 나도 모르게 재연하고 있었을까?

*

고목나무 아래 손바닥 같은 오가피 잎 앞에서 나는 걸음을 멈췄다. 신입들은 구별이 힘들어 방울삼인 줄 알고 너나없이 흥분을 한다고 들었다. 빈손으로 산을 내려오다 절박하면 그것이 산삼으로 보이기도 한다고.

하나 둘 셋…….

내 팔뚝 길이만 한 것들이 붉은 흙 속에 뿌리를 박고 있다. 씨앗이 퍼져 그만그만한 생김새로 포진해 있는 오가피 잎을 나는 오래 바라보았다.

중국에 있다는 딸은 화진을 닮았을까?

콩알 반쪽만 있어도 나를 주고 싶어 하는 사람……. 트럭 기사에 대한 화진의 평이었다. 그와는 떼어놓고 온 자식 얘기를 할 수 있어서, 제 가슴에 박힌 돌덩어리를 보일 수 있어서 좋았다는 화진의 말에 나는 벌어진 입을 다물지 못했다. 얼결에 뒤통수를 맞은 듯 어이없었다.

나는 중국에 네 딸년이 있다는 말 들은 적이 없어. 언제 나한테 말한 적 있냐? 너 술집에 나가 몸도 팔았냐? 돈 벌어 딸 데려오려고? 나는 막내 순영이한테까지 돈을 꿔서 너 보약 해 먹으라고 줬어. 콩나물값 오백 원 아끼려고 두 정거장을 걸어 재래시장 가는 우리 막내 돈을. 보약 먹는 척 나 속이고 그 돈도 저축했냐? 길거리 굴러다니는 똥도 그렇게 함부로 밟으면 죄받아. 알아? 아들이든 딸이든 하나 낳고 싶었다, 나도. 너는 길거리 똥만도 못하게 내 마음을 짓뭉갰어…….

화진과 헤어지면서 제일 먼저 '명광조명' 간판을 내렸다. 밀린 월세를 제하고 남은 보증금은 카드빚 청산을 하기에도 부족

했다. 잘 곳도 없어 여기저기 전전하면서도 막내 순영에게만은 가지 않았다. 오빠나 나나 맨 끄트머리에 태어나 시집 장가도 가기 전에 부모 여의었으니까 좋은 사람 만나서 잘살아야 되는디, 나는 우리 여섯 형제 중에서 오빠가 제일 불쌍하네……. 나만 보면 눈시울이 붉어지는 순영을 보는 게 힘들었다.

텔레비전에서 북한 얘기만 나와도 치가 떨린다. 북쪽 땅에 팔촌도 구촌도 없는 우리에게 무슨 이런 일이……. 그 종잡을 수 없는 눈초리 봐라. 당최 무슨 생각을 하는지……. 대놓고 화진을 헐뜯는 누나들이 되려 편안했다.

점집을 찾은 것은 앞으로 어떻게 살아야 할지 그나마 정신이 들 때였다. 진짜 제 짝을 언제 만나게 되는지 족집게처럼 말해 주는 점쟁이가 있다고 카센터 후배가 바람을 넣었다.

금촌의 늙은 보살은 한동안 고개만 절레절레 흔들었다. 천하에 불쌍한 목숨이네. 누구 하나 밥 한 술 거저 주지 않아. 공짜로 밥 한 술 얻어먹지 못하는 팔자라고……. 점쟁이가 혀를 끌끌끌 차며 쏟아내는 말의 대상이 나인지, 화진인지 알 수 없었다. 나 참 세상에 불쌍하지 않은 인간도 있나. 나는 입술에 침을 축이며 점쟁이의 얼굴을 바라보았다. 그녀가 은구슬이 다닥다닥 붙은 딸랑이를 흔들어대는 통에 머리가 어지러웠다. 인연이 다한 게 아니라면 세월 지나 화진을 다시 만나고 싶은 것인지 내 마음도 확실히 알 수 없었다.

홍주지액이 들어왔었네……. 가운데가 뻥 뚫린 동전들을 사각의 상 위에 툭 던져놓고 가늠하듯 바라보며 그녀가 말했다. 너 돈 내놓을래? 건강 내놓을래? 님 내놓을래? ……나와 이혼하던 해에 화진이 그 구렁 속에 빠져 있었다고 했다. 머리가 시끌시끌해서 제대로 먹지도 자지도 못했을 건데? 그녀는 묻듯이 나를 바라보았다.

화진이 년이 그러니까 결국 나를, 사랑을 내놓았다는 말인가? 점괘는 지금도 이해되지 않는다.

마음을 못 잡고 방황하다 시외버스를 타고 진안까지 가서 들은 소리도 있다. 근심 걱정 없어지는 건 땅 밑에 들어가는 날이라고 했다. 기가 찼다. 돈을 오만 원이나 주고 그런 말을 듣다니. 동네 노인정 다니는 할아버지도 할 수 있는 말 아닌가.

평생 근심 걱정 안고 살 팔자라는 말이었나? ……젠장…….

*

—어떻게…… 붓기는 좀 내렸소?

완만하게 구부러진 능선에서 여자와 마주쳤을 때 반갑기도 하고 부끄럽기도 했다. 실은 내가 상처가 심해 먼저 내려왔다고 해명이라도 하고 싶었다.

—여기까지 걸어온 것을 보면 좋아졌겠지만…….

—아는 길이라고 해도, 해 지면 위험하니까 쉬지 않고 왔어요. 평소라면 삼십 분이면 내려올 수 있는 길을 세 시간 넘게 걸었는걸요.

빈집에서 이곳까지 삼십여 분 거리라고 말하는 여자를 나는 멍하니 바라보았다. 세 시간 넘게 근방을 뱅뱅 돌고 다녔단 말인가? 무엇에 단단히 홀린 기분이었다. 올무에 다친 상처 부위가 욱신거렸다.

—곧 어두워질 것 같은데…….

나는 우물우물 말하며 무거운 얼굴로 하늘을 바라보았다.

—저쪽 아랫길로 내려가면 고원 마을이 나와요. 흰색 지붕이 천연 염색 명장이 사는 별장이에요.

여자는 반쯤 몸을 돌려 턱짓으로 구부러진 오솔길을 가리켰다. 함께 가자는 것인지 자신이 갈 곳이 거기라는 말인지 애매했다.

—봄부터 그곳에서 천연 염색을 배워요.

여자가 동네 마실 나오는 듯한 차림새인 게 이해되었다.

—홍화가 염색하는 꽃이오?

나는 여자를 뒤따라가며 물었다. 미세한 통증이 다친 발뿐만 아니라 온몸으로 퍼졌다. 점점 멀어지는 여자를 불러 좀 쉬었다가 함께 가자고 말하고 싶었지만 차마 입이 떨어지지 않았다.

어둠이 내려 점점 흐릿해지는 비탈진 산길을 내려가며 작은 돌부리에도 놀라 훅 걸음을 멈췄다.

이내 사방이 어둑해졌다.

화진의 딸이 몇 살이라고 했나?

지금까지도 나는 명확히 알지 못했다. 중국의 딸을 데려오려고 화진이 쉬는 날에도 커피숍에서 시간제로 일했다고 말해준 게 트럭 기사였다. 내게 맞아 혼수상태인 화진이 깨어나길 기다리던 병원 복도에서였다.

중국에 있다는 딸은 화진을 닮았을까? 그애도, 화진의 눈을 닮아 때로는 무구한 웃음을 방심한 듯 터트릴까?

결혼 뒤에 내가 묻지 않아서 자세히 말하지 않았다고 화진은 주장했다. 거짓말하지 말라고, 나는 병상의 화진에게 분노로 이글거리는 눈빛을 날렸다.

화진의 북한 친구들을 초대해 집들이를 했던 날, 나는 아래층 매장 한가운데 긴 식탁을 놓고 흰 면포를 깔았다. 화진이 북한식 순대와 두부 초밥을 만들겠다고 아침부터 부산을 떨어댔다. 일요일에도 일한다는 이들이 있어 저녁 6시에 시작된 잔치 분위기는 내가 판매용 조명등을 밝혀 눈이 부실 정도로 휘황찬란했다. 나는 계단을 오르내리며 살림집 냉장고에서 차갑게 얼린 맥주를 나르거나 식은 불고기를 데웠다. 둥둥둥 떠다니는 웃음소리를 들을 때마다 가게를 정리하지 않고 빚더미 속에서라도 꾸려가길 잘했구나 싶었다. 그러다 문득, 그들이 긴요한 대화를 나누다가 내가 나타나면 훅 멈추고 화제를 돌린다는 것을 느꼈다. 그때마다 그들은 어색하게 웃었다. 공모라도 한 듯 일시에 입을 닫은 속에서 누구보다 꾸민 웃음을 짓는 게 화진이었다.

딸 말고 또 무엇을 숨겼는지 말해보라고 다그치다가 병실을 나온 후로 더는 화진을 만나지 않았다. 내게 맞아 시퍼렇게 멍든 두 눈에서 단 한 방울의 눈물도 내비치지 않던 화진이, 한 이불을 덮고 잔 아내였다는 게 믿기지 않을 만큼 낯설었다. 끝을 예감하기에 충분했다.

*

세 개의 도와 다섯 개의 시와 군에 걸쳐 있다는 이 산속 어디에 내가 있나?

방향 감각을 잃은 지 오래였다. 잘못했다. 뒷모습이라도 보일 때 여자에게 물었어야 했다. 산중에 산다니, 적어도 나보다는 길을 잘 알았을 텐데.

감기가 오려는지 몸이 으슬거린다. 산 아래로 내려가면 따끈한 국밥부터 먹어야겠다. 돼지고기와 김장김치를 고추장에 버무려 송송 썬 청양고추와 마늘을 넣고 새우젓으로 간을 맞춰 끓여낸 국밥을.

출출하다고 하면 화진은 오밤중에라도 이불 속에서 나와 김치찌개를 끓여주었다. 야 나는 니가 끓여준 이것 먹을 때가 제일 행복해. 백억짜리 집 가진 놈들도 안 부러워. 셔츠 밖으로 삐져나온 배를 만지며 나는 국물 한 방울 남기지 않았다.

곤한 잠을 자다가도 취기 어린 내 투정에 몸을 내주며 화진은 어떤 심정이었을까?

하고 싶어? 나는 잘게 혼자 할래? 미안해. 간단하게만 씻고 올게……. 화진이 피로한 몸으로 불끈 일어난 내 욕정을 받아주던 많은 밤들이 있었다. 피곤하다고 말하지 못하고 기꺼이 아랫도리를 내주던 화진에게 나는 누구였을까?

건물을 비워줘야 했을 때 나는 화진에게 옷을 찾아가라는 메시지를 남겼다. 핸드폰 폴더를 열기까지 몇 번의 망설임이 있었다.

야 너 정말 낯짝 두껍다…… 옷을 찾으러 와? ……다리몽뎅이 부러뜨려서 보내지 않는 것을 다행으로 알아.

할부금이 남아 있는 에어컨을 가져가려고 온 작은누나가 화진의 눈앞에서 옷들을 찢어 날리며 가위를 들이대는 것을 나는 말리지 않았다. 가라앉았다고 생각했던 분노가 일었다. 그 뿌리가 사막이라 보름 넘게 물을 주지 않아도 산다는 혓바닥 선인장을 길바닥에 내던지는 것으로 나는 화진과의 마지막을 장식

했다. 길가에 면한 조명 가게 유리문을 열고 인도에 발을 디딘 화진의 등짝을 맞고 땅바닥에서 깨진 화분을 구경하는 행인들 속에서 화진은 꼼짝을 않고 서 있었다.

위를 올려다볼까 말까 화진이 조금쯤 망설였던가? 독바늘이 생살을 찌르는 듯 고통스러워 나는 힘겹게 끌던 발을 멈추고 눈을 꾸욱 감았다. 감거나 뜨거나, 눈 속에 차오르는 어둠은 검고 차갑다. 오래전 일이 왜 매번 지금 겪는 듯 생생할까?

보도블록 위에서 박살 날 때 별 모양의 붉은 꽃들이 피를 흘리며 죽어갔을까?

화진은 낡은 원룸에서 트럭 기사와 살고 있을까?

유리창가에서 박하꽃이 하얗게 반짝이고, 화장실에서도 오렌지 향기가 베어나왔던 곳…….

늦은 밤 혼자 마신 술이 머리 꼭대기까지 차오를 때면 절로 손가락이 움직여 원망과 비난을 담은 글자들을 찾았다. 너 정말 나쁜 년이다. 하긴 우리 사이에 뭐가 있어서 뒤를 돌아보겠냐? 첨부터 너는 애 낳을 생각도 없었지? 이 썅년!

잊거나 왜곡된 기억들의 갈피를 더듬어 깨진 것들을 이어 붙일 의지가 내게 있었던가? 말하는 순간에도 회의와 번복과 의심이 교차되었을 것들 속에.

화진 씨 닮았으면 예쁘겠네. 눈이 정말 예쁘겠어, 했던 것 기억 안 나요? 제발 억지 부리지 마요……. 남한에 올 때 데려오지 못한 자식에 대해 말하려고 화진은 세검정 중식당에서 일부러 술을 많이 마셨다고 했다. 그리고 중식당 사장이 칭따오 맥주가 떨어졌는데 슈퍼에서 하이트 맥주를 사다줘도 되겠느냐고 물으러 왔을 때, 내게 분명히 말했단다.

거짓말을 잘도 지어내네. 하긴 트럭 기사 놈 몰래 만나면서 한 거짓말들 다 모으면 양동이 열 개로도 모자라지……. 자식이 중국에만 있는 것 맞냐? ……단 한 번의 복기도 시도하지 않은 채 퍼붓는 설침이 무엇을 위한 것인지 나도 알 수 없었다.

*

동녘 햇살 받으며 산속을 헤맨다. 한 뿌리만 캔다면 부모님 봉양하고, 두 뿌리를 캔다면 나 장가 가야지.

산삼을 찾아 돈을 모으면 중남미의 어촌에 가서 태평양의 바닷물과 카리브해의 바닷물이 만나서 일으키는 파도를 타고 평생을 살겠다던 중간마니가 부르는 노래였다. 멀리 메아리치며 들려오는 노랫소리의 방향을 가늠할 새도 없이 나는 몸을 일으켰다.

—어이 중간마니. 나야…… 여기야 여기…….

잘못 들은 것인가?

—어이, 나야 나…….

나는 쉴 새 없이 소리를 질렀다. 발목이 점점 나뭇잎과 진흙이 뒤섞인 수렁으로 빠져드는 듯하다.

동녘 햇살 받으며 산속을 헤맨다. 심봤다~ 심봤다~ 한 뿌리만 캔다면 형제들 빚을 갚고, 두 뿌리를 캔다면 화진이 줘야지. 화진이 줘야지~

와락 무서움이 밀려와 노래를 불렀다. 주르륵 흘러내리는 것은 뜻밖에도 눈물이다. 간밤처럼 또 나뭇잎들 속에서 자야 하나? 혼자서 먹물처럼 캄캄한 시간을 맞을 때의 공포를 알기에 두 번은 싫다.

—심봤다~ 심봤다~

무엇 때문에 한평생 화진이와 지지고 볶으며 늙어갈 수 없었을까? 나무 보드 위에서 파도와 함께 춤을 추는 멋진 인생을 염탐하지 않고도 행복하기 위해 내게 부족한 것이 무엇이었나?

생각해보니 하와이와 캘리포니아에서 페냐 부루아까지 오는 큰 파도를 타기 위해 해안 근처에 오두막을 짓겠다는 이들이 부럽지 않았던 그때, 내 옆에는 화진이 있었다.

—한 뿌리만 캔다면 화진이 줘야지~

환청이 아니라면 곧 화답이 들려올 사방의 어둠을 향해 나는 비명 같은 소리를 내질렀다.

—화진이 줘야지…….

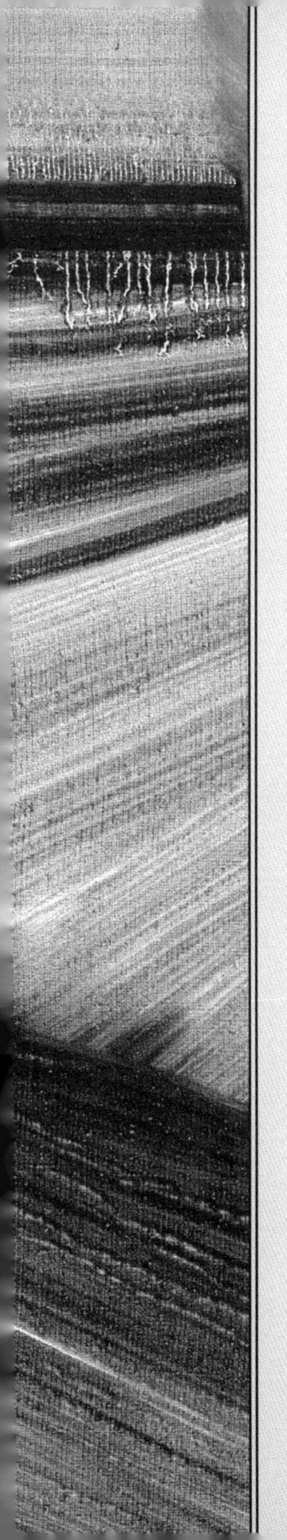

별빛보다
멀고
아름다운

1

라인강 너머의 저택들은 우람한 나무들 사이로 지붕이 높이 솟아 있다. 일본 부자들이 모여 사는 마을이라고 들었다. 매해 5월이면 일본인들이 축제를 벌여 경찰들마저 맥주를 뿌려대며 논다는 알트슈타트가 종우는 처음이었다. 주방장으로 일하는 대국식당이 있는 비스마르크 거리에서 S반 버스로 10분 거리였다.

강변에 레스토랑과 카페에서 내놓은 파라솔이 즐비하다. 맥주잔이 빽빽한 쟁반을 양손에 들고 다니는 흰색 유니폼의 웨이터들과 부딪치면서도 종우의 상념은 끊이지 않았다.

이 길 어디쯤 선화가 있었을까?

이방인들은 물러가라며 히틀러를 외치는 이들의 반대편?

선화는 열흘 전 난민 수용 찬반 집회 시위가 벌어진 이곳에 혼자 왔다고 했다. 카페 '마차'에서 독일인 사장이 죽은 날이었다. 홀 바닥에 쓰러져 죽은 그를 발견하고 신고한 이는 한국인 아내였다. 그녀는 경찰 조사에서 남편이 카페에서 일하는 선화와 함께 아침 일찍 나가는 걸 마지막으로 봤다고 진술했다. 떠도는 소문을 들었을 뿐, 종우가 직접 아는 것은 없었다. 마차는 사건이 있던 날부터 문이 닫혔고, 그날 이후 보이지 않던 선화가 종우를 찾아온 것은 어젯밤 늦게였다. 자다 일어나 엉겁결에 선화를 숙소에 들이고도 종우는 내내 허둥거렸다. 무슨 말부터 해야 할지 몰랐다.

선화는 불법 체류자여서 그동안 피해 있었는데 경찰이 자신을 찾고 있다는 말을 들었다고 했다. 만약 자신이 참고인 조사를 받을 경우 집회 현장에 함께 있었다고 해달라는 선화를 종우는 먹먹히 바라보았다. 최근 비스마르크 거리에 나도는 소문들이 떠올랐다. 선화가 마차 독일인 사장이 모는 흰색 람보르기니를 타고 쾰른에 가는 것을 보았다고, 두 사람이 이태리 식당에서 와인을 마시다가 마차 여사장에게 머리채 잡히는 것을 보았다고……. 달팽이 건물 숙소에 모여 술을 마시고 마작을 하는 조선족들의 입에 선화는 자주 오르내렸다.

그날 선화가 정말 이곳에 혼자 왔을까?

그날의 참상을 종우는 대국식당 홀 안에 있는 벽걸이 텔레비전으로 보았다. 흑인 놈들도, 유대인 돼지들도 독일에서 꺼지라고 외쳐대는 이들에게 누군가 흰 장미를 난폭하게 날려 시작된 몸싸움은 과격했다. 떠나지 않는 이방인들은 벽에 뭉개버리겠다는 무리들의 외침은 해가 지고도 멈추지 않았다.

마르크트 광장을 돌아 임머만 거리에 이르는 내내 마음이 무거웠다. 혼자서 왜……? 간밤에도 종우는 묻지 못했다. 거짓 진술을 해주겠다는 확답을 하지 않았기에 질책도 할 수 없었다.

쇼핑센터들이 즐비한 대로에 이르렀을 때 한두 방울씩 비가 쏟아졌다. 종우는 두 손으로 차양을 만들어 햇살이 맑은 하늘을 올려다보았다. 종잡을 수 없는 이 나라의 날씨는 익숙하다. 5월에도 우박과 눈이 쏟아져 불시에 모직 코트가 필요한 세월을 십여 년 넘게 살았다.

선화를 처음 봤던 작년 4월에도 갑자기 먹구름이 몰려오다 비가 내렸다. 세찬 빗줄기에 가로수 나뭇가지가 꺾이고 꽃송이가 뭉텅뭉텅 떨어져 내렸다. 퇴근하고 숙소가 있는 달팽이 건물로 향하다가 만난 조선족 정씨가 이끄는 대로 마차에 간 것은 밤새 비가 내릴 것 같아서였다. 종우가 제일 싫어하는 게 빗소리였다.

차이나 레스토랑 지배인인 조선족 정씨를 축으로 둘러앉은 대여섯 명의 사내들 틈으로 선화를 데려와 소개한 이는 마차 여사장이었다. 새로 온 아르바이트 직원이라고 했다. 누군가 나이를 물었을 때 선화는 계란 한 판을 다 먹고 새 판을 열어 다섯 개를 먹었다고 했다. 슈퍼에 가면 열 개가 한 판인 것도 있고, 열다섯 개가 한 판인 것도 있다고 누군가 받아쳤을 때 선화가 웃으며 말했다. 어느 해는 사는 게 바빠 계란 먹을 새가 없었다고. 누군가 태생을 물었을 때도 선화는 미꾸라지 빠져나가듯 맥락이 닿지 않는 말들로 연막을 피웠다.

어디서 왔든 일없어요. 그저 탈 없이 하루하루 굴러가면 감사하지요. 오늘 당장 길 가다 죽을 수도 있는데 고향 그딴 거이 어더렇게 생긴 종자인데요? 아니 그래요?

매끄러운 서울말이나 함경도 사투리를 구사하다가 한족들이 끼어들면 중국말을 척척 해대는 선화의 화술에 누군가 비싼 술을 주문하면 마차 여사장이 서비스로 부추전을 내왔다. 유리창으로 어둠이 짙어지는 비스마르크 거리를 내다보며 종우는 가슴이 떨리는 소리를 들었다. 까마득히 먼 세월 저쪽에서 한 번쯤은 맛봤을, 그러나 정점에 닿아봤는지는 확신할 수 없는 감정이 스멀스멀 올라왔다. 선화에게 말을 걸어보기 위해 마시는 알트 비어처럼 검지도, 붉지도 않은 제 마음을 취기로나마 엿보는 시간들이 좋았다. 올 때처럼 홀연히 사라질 것만 같은 예감이 드는 날 선 느낌이었다.

2

마차 독일인 사장이 살해되었을 것이라는 화제로 대국식당 홀 안이 시끄러웠다.

—마차 여사장 말야. 독일인이랑 재혼하기 전에 터키 놈이랑 살았어. 안정환이 축구하러 온 곳 있잖아. 그 동네에서 케밥집 했다고. 그 동네 터키 놈들, 제 나라 사람들이 하는 식당 아니면 돈을 안 써.

낮부터 술이 오른 대국식당 한 사장의 목소리는 터무니없이 컸다. 그는 선화가 이번 달 임대료도 내지 않고 사라졌다는 말을 몇 번씩 반복했다. 박람회가 열리면 하룻저녁에 오백 유로를 받는 방을 선화가 새터민이라 싸게 줬다는 생색도 이어졌다. 마차 여사장이 차일피일하며 선화에게 취업 비자를 내주지 않았다고 말한 이는 뒤셀도르프 중앙역 부근에서 민박집을 하는 박 씨였다. 그는 선화가 작년에 자신의 집에서 한 달을 살면서 일자리를 알아보러 다녔다고 말했다.

—손님들 있는 데서 선화인가 후화인가 하는 여자한테 마차 여사장이 욕하는 소리 내가 직접 들었다니까. 쌍시옷 발음이 안 되대. 상년, 상년 그러는데 첨엔 무슨 말인지 못 알아들었다니까.

한 사장이 맞장구를 쳐댔다.

—살밥 먹으면 살찌니까 살밥 줄이라고 우리 마누라도 잔소리가 심해. 사실 내가 육십 넘어가면서 살밥 먹는 게 힘든데 말이야.

한국 주재원들이 들어와 합류하면서 홀 안의 술자리는 한국의 첫 여성 대통령이 감방에 가 있는 화제로 뜨거웠다. 그들이 주문한 허브 마늘 버터 달팽이 요리를 하는 내내 종우는 실수를 해댔다. 허브 소금을 넣는다고 설탕을 뿌렸고, 젖은 접시에 음식을 담았다.

거짓 진술을 해줄 수 없다는 말을 들은 날 밤 떠났을까? 거짓 진술을 부탁하면서 파들파들 떨었던가? 살인 사건과는 무관하니 제발 믿어달라고 했던가? 애절하게 바라보는 선화에게 차가운 눈빛을 보냈던 게 후회되었다.

그 밤을 되돌릴 수 있다면…….

그날 밤 종우는 냉정하게 말했다. 라인강변에서 시위가 있었던 날 몸이 아파 아헨에 있는 병원에 다녀왔다고, 병원 기록도 있으니 거짓 진술은 힘들지 않겠냐고…….

나서서 뭐든 해주겠다고 위로를 했어야 옳았나……?

경찰에 불려다니며 참고인 조사를 받는 게 좋을 리 없지…….

사랑 같은 것을 하려고 가짜 여권으로 국경을 넘어오지는 않았다고, 종우는 곧 얼음장처럼 차가워졌다.

276명의 탈북 난민이 독일에 입성한 2004년부터 독일 시민이 되기까지 숨죽이며 살았다. 하이델베르크, 베를린, 본, 함부르크에서 된장에 처박힌 장아찌처럼 음울했던 세월을 보내며 낮게 엎드려 지내는 삶의 이점을 알았다. 한인이 운영하는 대국식당 요리사로 뒤셀도르프에 온 후엔 더욱 입조심을 해야 했다. 한인과 조선족들이 비스마르크 거리에 몰려 살았다. 말이 통하기에 어울리는 속에서 종우는 북한인 김원철 행세를 하며 사는 것을 밝힐 수 없었다. 그들 속에는 난민 심사에서 신분을 증명하지 못해 추방 명령을 받고 떠도는 진짜 탈북자도 있었다.

타국에서 뒤통수를 치는 건 늘 말이 통하는 이들이었다. 이 나라에서 가짜 탈북자로 살면서 지금껏 무사했던 건 그들 누구에게도 속을 보이지 않아서였다. 어쩌면 스스로에게도…….

종우는 모든 것을 날려봤기에 더는 변화를 원치 않았다. 매달 월급이 나오고, 아프면 병원에서 진료받을 수 있는 권리가 있고, 충분한 휴식이 있었다. 선화가 마음에 들어오면서 하얀 지붕을 가진 돌담집을 임대할 계획을 세운 게, 나이 오십에 최대로 높일 수 있는 삶의 폭이었다.

IMF와 함께 모든 것을 잃었다. 바닷물 빠져나가듯 깡그리 사라졌다는 게 종우는 가끔 실감이 안 났다. 싼값에 나왔다 하여 고향에 수만 평의 땅을 사들였다. 바다가 보이는 곳에 호텔을 지을 계획이었다. 대학에서 경영학을 전공했고, 아버지가 여관을 하며 짭짤하게 돈을 버는 것을 보았기에 확장된 방식의 숙박업을 할 수 있다고 믿었다. 터를 다지고 건물이 층층이 올라가는 동안 나라가 망해가고 있다는 것을 알지 못했다. 은행보다 비싼 이자를 내며 닥치는 대로 돈을 끌어 모았다. 숨통이 막히는 날이 올 때까지 무슨 일이 벌어지고 있는지 몰랐다. 중도에 손을 털었어야 했다는 뒤늦은 후회는 의미가 없었다.

3

빚쟁이들이 우르르 몰려와 사지를 잘라 가는 꿈을 꾸었다. 그 속에 아내도 있었다. 대학 새내기 때 만나 졸업하자마자 결혼했던 아내는 우울한 낯빛의 중년 여인이 되어 있었다. 아내는 갓난쟁이 딸이 스물다섯이 될 때까지 혼자 키우며 살아온 세월을 보상해달라고 했다. 총을 든 독일 경찰들은 종우에게 탈북자 행세를 하며 독일의 혈세를 축내며 살아온 죗값을 선화에게 갚아야 한다고 주장했다. 마차 사장을 죽인 여자한테요? 살인사건 났던 날에 함께 있었다는 거짓말을 해달라고 나를 괴롭혔소. 나만 가짜 신분으로 사는 게 아니오. 알지 모르겠소만, 베이징 왕징에 가짜 탈북자를 양성하는 학원이 두 곳이나 있소. 돈을 내고 북한 사람으로 신분 세탁을 해서 이 나라에 들어와 난민 행세를 하며 다달이 수백 유로를 타 먹는 한족과 조선족이 수두룩하다니까요…….

독일 경찰들을 향해 소리치다 일어났을 때 온몸이 땀으로 흥건했다. 암막 커튼으로 유리창이 가려진 방 안은 캄캄했다. 종우는 이불을 들치고 침대 밖으로 나왔다. 위기 앞에서의 비겁함이 꿈속에서까지 재연된 게 어이없었다.

유리창 밖 가로등이 불을 밝힌 채 이차선 도로 양편에 줄줄이 서 있었다.

—살살 나와 보라우. 어둠 속에 파묻혀 있으면 밖에서 북치고 장구 쳐도 모르겠다야…….

종우는 싱크대 쪽으로 걸어가 유리관을 톡톡 두드렸다. 달팽이는 나오지 않았다.

—등허리에 늘상 집 짊어지고 다니자면 너도 힘들겠구나 야. 그깟 짐덩어리를 와 이고 다니내?

용케 눈에 띈 작은 달팽이와 몇 해를 넘기며 살게 될 줄 몰랐다. 한국에서 들여온 곰보배추 모종에 붙어 있던 달팽이가 대국식당 주방 안을 기어다니다 불판에 패각이 다치면서 종우가 숙소로 데려왔다. 으깬 두부나 빻은 달걀 껍질을 먹이로 주며 원룸에서 함께 사는 동안 종우는 혼잣말을 하는 버릇이 생겼다. 유리관 속에서만 뒹구는 녀석이 가끔은 불만스러웠다. 난장판을 치며 시시각각 제 존재를 드러내는 생물이었으면 싶었다. 베개 위에 똥을 누거나, 침대 포를 찢어놓거나, 주방의 몇 개 없는 식기들을 방바닥에 떨어뜨리거나.

—혹시 나 없을 때 나와 팔딱팔딱 뛰고 뒹구는 거 아니네? 맘대로 활개 치구 살라우. 일없구 말구…….

종우는 중국에 살 때 밴 말투로 느릿느릿 말하며 달팽이를 찾아 유리관 안을 들여다보았다.

—이런 때일수록 숨소리도 낮추고 살아야 하지 않간?

작년에 쾰른에서 벌어진 집단 성폭행 가해자가 아랍계 난민으로 밝혀지면서 독일에 반난민 정서가 확산되고 있었다. 소도시 축제장에서도 난민 수용에 반대하는 구호를 외치는 극우단체들의 시위가 속속 이어졌다.

—내 그럴 수밖에 없지 않간? 아이 그래? 경찰서 가면 내가 가짜 탈북자인 것 들통 아이 나겠니?

재차 우려낸 사골 조각처럼 핏기 없는 공민증 속 김원철은, 사업이 망하고 중국으로 밀항했을 때의 종우와 놀라울 만큼 닮아 있었다. 조선족 당숙의 친구인 과수원 주인은 종우를 보고 김원철이 살아 돌아온 건 아닌가, 자신의 손으로 시체 묻은 땅을 파보았다고 했다.

과수원이 있던 개산툰은 두만강 건너 바로 코앞이 북한 땅 삼봉이었다. 비누 공장의 검은 연기와 돼지 축사장 냄새로 주변이 우중충했지만 핑궈리 꽃에 휩싸이면 꽃대궐 같았다. 배와 사과를 접목한 맛이 나는 과일 농원에 김원철이 온 것도 꽃들로 환한 봄이었다고 했다.

강둑 내려가 몇 걸음 걸으면 북한 땅이니 밤에 강 건너려고 여까지 왔는지 모르지 뭐. 도문 시내는 병사들 총 들고 쫙 깔렸지. 예전에 여긴 문밖에 쌀자루 내놓고 잤어. 저짝 사람들 강 건너 와 쌀자루 지고 가고 그랬다구. 인심도 변하지 뭐. 중국 공안들이닥쳐 집집마다 쑤시고 다니면 누구도 수 없지. 밖의 동태 살피다 돌아간다기에 헛간 방 내줬지. 변경 초소 가까이 있으니 되려 안전해 여기가. 초소병들에게 목단강에서 친척이 와가 일 도와주고 있다, 이케 말했지. 일 잘하던 사람이 어느 날 얼굴 아니 비쳐 가보니…… 폐병 얻었는지 앞자락에 피를 쏟고 죽었지 뭐야…… 내가 종우 자네를 믿으니까 해주는 말이야. 내가 잘못한 것도 없는데 김원철이 꿈에라도 나오면……. 과수원 주인은 탈북자를 숨겨준 죄가 드러날까봐 야밤에 산에 올라 김원철을 묻고 내려왔다고 했다. 여 한번 보라우, 이리 똑 닮았으니 내래 김원철이 귀신 되어 온 줄 알고 놀라지 않간? 불태우려다 골방 장판 밑에 넣어뒀다며 꺼내 온 공민증 속 사내를 종우는 눈이 빠지게 보았다.

—생각해보라마. 하느님이 우리 할아버지도 아닌데 천운이 매번 오겠냐 그 말이야. 내 말 틀리니?

종우는 달팽이가 흙 속에서 몸을 내밀었을 때 유리관 뚜껑을 활짝 열었다. 달팽이는 말랑한 속살을 꿈틀대며 순식간에 흙 속으로 들어갔다. 불안을 감지하면 스윽 몸을 말아버리는 달팽이의 기민함에 경탄이 솟구쳤다.

—바로 그거야. 불안하더란 말이지. 살인 사건과 연관이 있다 하면 내래 어찌 되갔어? 누가 너더러 바다를 건너라 하면 할 수 있간?

거짓 진술은 힘들다고 말했을 때 애절하게 바라보던 선화가 눈물이라도 쏟을까봐 얼마나 겁을 먹었던가?

—승승장구하는 줄 알고 날뛰다 보니 나라가 망해간다지 뭐야. 폭우에 떠내려가다 용케도 나뭇잎에 올라탄 청개구리 심정 알간? 정신 바짝 차려야 거센 물살에서 살아남지.

라인강변 카페 거리에 가보고 선화가 원하는 거짓 진술을 해줄 마음이었다고 말하려다 종우는 그만두었다. 달팽이라도 있어 해대는 혼잣말이 오늘은 위로가 되어주지 못했다. 그날 밤 대범하게 굴지 못한 자괴감이 밀려왔다. 살다 보면 누군가에게는 살인이라는 것을 하게 되는 순간도 오는 것 아니겠냐고, 어떤 상황이 와도 나는 네 편이 되어줄 수 있다고 왜 말하지 못했을까?

종우는 밤이 깊도록 잠을 이루지 못했다. 심해를 홀로 헤엄쳐가는 거대 어종처럼 심신이 무겁고 외로웠다.

4

선화의 핸드폰은 오늘도 내내 불통이었다. 종우는 퇴근 후에 스산하게 뒹구는 낙엽들을 밟으며 낯선 골목들을 배회했다. 엘르 거리의 중국 마트에 들어가 달팽이에게 먹일 두부를 고르다가 빈손으로 나왔고, 잡화점 유리문 안의 장식품들을 맥없이 바라보다 이내 돌아섰다.

늦은 밤 숙소가 있는 달팽이 건물에 들어왔을 때 조선족 정씨의 숙소인 505호에서 왁자한 소리가 새어나왔다.

정씨는 여느 때처럼 자랑을 해댔다. 북한을 들락거리며 여자들을 빼 와 중국 각지에 취직을 시켜줬다고, 남한으로 가는 선도 꿰고 있어 브로커로 일하며 돈을 많이 벌었다고, 중국 공안에 쫓기지 않았다면 독일까지 오지 않았다고, 한때는 인천과 안산을 안방처럼 휘젓고 다녔다고…….

술병이 쓰러지고, 카드를 다시 섞으라는 외침 속에 선화가 들먹여졌다. 터키인이 운영하는 카페에서 남자들과 어울려 물담배를 피우는 선화를 보았다는 이도 있었다. 동유럽 집시들이 몸을 파는 매춘 골목에서 선화가 나오는 것을 봤다는 이도 있었다.

종우는 자물통으로 잠긴 선화의 506호실 앞을 미련 없이 지나왔다. 달팽이 건물에 사는 조선족들과 어울려 휴일을 앞둔 밤을 보내볼까 망설였던 마음을 접었다. 선화가 슬럼가로 이어지는 다리 밑에 가는 이유는 포도 넝쿨 벽화를 좋아해서라고 말해주지 못하는 게 아쉬웠다. 그러나 501호로 들어와 침대에 쓰러져 눕는 순간, 어쩌면 선화에게 들은 게 진실이 아닐지도 모른다는 생각이 들었다. 말이 통하는 이들이 모여 쑤군대는 속의 선화는 지금껏 자신이 알던 사람이 아니었다.

거구의 독일 남자를 목을 졸라 죽였을까?

칼로 배를?

수면제를 먹여 잠재웠나?

떳떳하다면 왜 거짓 진술이 필요해? 불법체류가 대수야? 살인 누명을 쓰는 판국에……?

종우는 선화와 함께 온반을 먹었던 유리창가 식탁을 물끄러미 바라보았다. 선화가 거기 앉아 꿈 한 자락을 들려주듯 중국에서 보낸 이십대를 훌훌 털고 갔다는 게 믿기지 않았다. 멸치와 양파와 무를 우려낸 육수에서 채썬 감자와 버섯이 익어갈 때 흡족히 웃던 선화의 얼굴이 가물거렸다.

한 사장이 5층을 통째로 임대해 월세를 놓은 달팽이 건물 506호실에 선화가 입주한 것은 다섯 달 전쯤이었다. 비스마르크 거리의 시시콜콜한 것들까지 다 꿰고 있는 정씨에게 미리 그 소식을 들은 종우는 잔뜩 별렀다. 이사를 도와주며 선화와 친해지고 싶었다. 복도를 사이에 두고 여섯 개의 원룸이 지그재 그 방향으로 배치된 구조여서, 자신의 현관문을 열면 선화의 방이 대각선으로 마주 보였다. 선화가 나타난 것은 오후 늦게였다. 푸른색 기내용 캐리어를 달랑 든 선화가 중문을 밀고 복도에 발을 드밀 때까지 종우는 내내 가슴을 졸였다.

내가 이런 걸 그냥 받아야 할 이유가 없잖아요. 안 그래요? 마음만 받을게요……. 종우가 같은 건물에 살게 된 기념이라며 식료품이 가득 든 비닐 봉투를 내밀었을 때 선화가 말했다. 부드러운 말속에 날카로운 뼈가 있어 종우는 이후 그런 식의 친절을 베풀지 못했다. 선화를 위해 닭 한 마리를 들었다가 놓았고, 선화에게 어울리겠다 싶은 꽃무늬 원피스를 봤을 때는 옷가게 쇼윈도 안을 오래 흘끔거렸다.

생각해보면, 선화가 타국살이가 힘들다는 푸념 같은 것을 하지 않아서 좋았다. 그녀는 중국말로, 한국말로, 때로는 어눌한 독일말로 웃음을 띠며 마차에 손님들을 끌어들였다. 사내들의 짓궂은 농담도 척척 받아내는 노련함과 당당함이 있어 종우는 선화가 어렵기도 하고, 대견해 보이기도 했다.

그러나 그게 다는 아니었다. 어느 날 저녁 선화가 우울한 낯빛으로 말했다. 온반을 곯여 두 그릇이나 먹었는데도 허기가 가시지 않아 뒤셀도르프를 떠나야겠다고. 종우가 묵묵히 바라봤을 때 선화는 함부르크에 가면 일자리를 찾을 수 있는지 물었다.

선화는 일자리 정보를 얻기 위해서인지 제 가슴의 대못을 꺼내 툭 보여주었다. 내몽골에 어린 딸을 두고 왔다는 것까지.

남한으로 오는 길이 위험해서요. 자리 잡으면 데려오려고 했는데…… 내가 발 디딜 곳이 어딘지도 아직 못 찾아서…… 다행히 사십 년간 양을 키우며 산 한족 남자가 마음이 선해요. 딸아이 아빠요.

선화가 말을 맺었을 때 종우는 국물만 남은 온반 그릇을 들고 후루룩 마실지 말지 망설였다. 선화는, 스물세 살에 청도의 일식집 술상에 앉아 번 돈으로 한국에 가다 잡혀 북송되고, 감옥살이를 하다 건강을 해치고, 죽을힘을 다해 또다시 압록강을 넘었다가 내몽골 오지에 팔려 스무 살이나 많은 한족 남자와 살며 원치 않는 아이를 낳았다고 말하면서도 숟가락질을 멈추지 않았다.

남한으로 올 때 잡히면 죽겠다고 몸에 하이미날만을 챙겼다고 말하면서도 선화는 웃었다. 그래서 종우는 그녀가 몸에 요술구슬을 숨겼다고 말한 것은 아닌지, 제 귀를 의심해야 했다.

종우는 한국에서 찾지 못한 게 독일에 있겠느냐고 말하지 않으려고 술을 한잔하겠느냐고 물었다. 엉겁결에 들은 선화의 과거가 눅눅하고 무거워 독한 술로라도 털어내고 싶었다. 힘들면 나랑 룸메이트처럼 살아보지 않겠어요?라고 말할 수 있었던 건 취기를 빌려서였다.

마침 젊은 독일인 부부가 네덜란드로 일하러 가면서 비워진 집이 임대로 나왔다는 정보를 정씨에게 들은 후였다. 선화에게 동거를 하겠다는 확답을 받지 못했지만 종우는 매일 그곳에 갔다. 파우제 시간에 어두운 숙소로 들어가 억지로 잠을 자는 대신 돌담 너머로 넓은 통유리창 안의 거실 내부를 들여다보는 게 좋았다.

5

방문을 두드리는 소리가 들려왔을 때 종우는 창턱 위의 리모컨을 재빠르게 집어 들었다.

음소거 상태로 만든 텔레비전 화면 속에서는 불타는 화염병이 날아다니고, 물감이 든 달걀과 크림 파이를 얼굴에 맞은 사람들이 비명을 지르고, 방탄조끼로 무장한 경찰들이 방어막을 구축하고 있었다. 독일 동부 작센주의 켐니츠에서 극우 단체 주도로 열린 시위에 팔백여 명이 넘게 참여했다는 뉴스 보도를 종우는 반의 반만 겨우 알아들었지만 영상만으로도 심각성을 느끼기에 충분했다. 부상자를 나르는 구급차 행렬이 이어지는 속에서도 '이방인을 몰아내자'는 구호가 과격했다.

종우는 '누구요?' 하려다 숨을 죽였다. 가만가만 방문 쪽으로 다가가 귀를 기울였다. 선화이기를 바라며, 선화일까봐 두려웠다. 보름 전 알트슈타트 라인강변에서 벌어진 시위의 여파가 계속되고 있었다. 그날 복면을 쓴 이민자가 휘두른 곤봉에 머리를 맞은 독일 여성이 지금까지 혼수상태였다. 평화 집회가 폭력으로 점철된 사태에 대한 책임을 묻는 항의 시위가 벌어질 것이라는 추측이 난무했다. 대국식당에 온 한국인 손님들도 앞질러 불안해했다. 난민 수용 여부로 몸살을 앓고 있는 독일이 이제는 한국인들도 곱게 보지 않을 것이라고, 이민자들을 몰아내려는 신나치 세력들이 비 온 뒤에 여기저기 피어나는 버섯처럼 늘어날 것이라고…….

한 번만 더…….

한 번 더 노크 소리가 들리면 문을 열겠다고 다짐하면서도 종우는 숨을 참았다. 긴장으로 다리가 푹 꺾일 것만 같았다. 침대에 우두커니 앉아 어둠을 맞다가 방문을 열어 내다본 복도는 텅 비어 있었다.

유리창 밖 이차선 도로를 지나는 차량들이 내는 소음이, 가로등 불빛이 암막 커튼을 뚫고 희미하게 들어왔다.

종우는 잠을 이루지 못해 오래 뒤척이다 몸을 일으켰다. 밤중인지 새벽인지 알 수 없었다. 근엄한 독일 노인이 그려진 술병을 꺼내 유리잔 가득 술을 따르고도 마시지 못했다. 위장이 나빠져 함부로 술을 마셨다간 오래 부대꼈다. 유리잔의 술을 개수대에 버리고 조용히 복도로 나왔다.

선화의 방문은 쇠자물통으로 굳게 잠겨 있었다.

—안에 있소?

종우는 열리지 않을 줄 알면서도 문을 두드려보았다. 자물통 움직이는 소리가 가슴에 덜컥 와닿았다. 마음 정리가 쉬웠다. 교신이 끊긴 선화의 핸드폰에 메시지를 남길까 말까 더는 고민하고 싶지 않았다. 피치 못해 살인을 했다면 내게만은 진실을 말해달라고, 경찰에게 거짓 진술을 하는 것 말고 다른 방법을 강구해보자고 말하려던 용기를 철회했다.

이변이 없는 한 선화의 방에 새로운 이가 들어올 것이다. 한 사장 지인의 소개로 박람회에 오는 사진작가나 건축학도, 혹은 한인 유학생들……. 여섯 개의 원룸이 들어찬 복도 끝 중문 곁에서 담배를 피우다 그들 중 누군가 한국 사람이냐며 반갑게 인사라도 해온다면 종우는 단호하게 중국말을 내쏠 것이다. 뿌시 한구워런.

그리울 새도 없이 떠나간 것들이 그리워 종우는 가슴이 아렸다. 선화가 기르던, 양젖 치즈가 담겼던 둥근 플라스틱 통에서 짙푸른 향기를 뿜으며 여물어가던 토마토를 다시는 볼 수 없을 것이다. 하늘 고추가 정말 하늘 높은 줄 모르고 쑥쑥 올라가고 있다며 좋아하던 선화의 환한 웃음도.

달팽이 건물 5층 중문 앞에서 우연히 마주친 선화가, 일요일에 자신의 숙소에서 고려 온반을 먹자고 했을 때 종우는 알게 되었다. 행운이 팔랑개비처럼 가볍게 날아들기도 한다는 것을. 그러나 그날 선화에게 들은 이야기가 실제인지 가끔은 혼란스러웠다. 그것이 막 끓여 따스한 김이 흘러나오는 음식을 먹으며 할 수 있는 이야기인지도.

표고버섯과 감자와 밥알과 국물이 골고루 섞이게 다소곳이 놀리던 그 고운 손으로 누군가를 죽일 수도 있지…… 바닥을 쳐본 이라면 못할 일이 없지…….

신용불량자가 되고 피붙이들마저 등을 돌린 후에 콩팥 하나를 팔아 마련한 돈으로 밀항선을 타면서야 종우는 세상이 보였다. 70년생 김원철의 공민증을 손에 넣는 기회를 기적으로 만든 것도 어둠의 밑바닥이었다. 썩은 생선 냄새가 진동하는…….

눈 속에 칼날이 박힌 듯 날카로웠던 난민 지위 심사위원들 앞에서 탈북자 김원철이 살아온 세월을 늘어놓을 때 종우는 눈물을 쏟았다. 추방을 당하면 어디로 가야 할지 모른다는 절박함이 고국을 등지고 나온 김원철과 다르지 않았기에 눈물은 뜨거웠다. 진실과 무관한 눈물의 위력도 알게 되었다. 강제 북송의 위험이 있어 불심검문을 피해 달아나다 공사판 옥상에서 떨어져 왼쪽 다리를 절게 되었다고 진술하는데 눈물이 주르륵 쏟아졌다. 서울역 다리 밑에서 자리다툼을 벌이다 싸움이 커져 몸이 성한 곳이 없는데도 진통제조차 먹지 못했던 밤이 떠올랐다. 연길 아파트 리모델링 공사장에서 일하다 머리를 다쳐 보름 동안 혼수상태에 빠져 있었다는 거짓말도 술술 나왔다. 사고 이후 부분 부분 기억이 끊어져 고향도, 가족도 전연 떠오르지 않아 수차 자살 시도를 했다고 말할 때는 눈물이 앞을 가렸다.

손에 쥔 공민증이 있어 그 모든 거짓말은 의미가 있지도, 없지도 않았다.

김원철에 대해 먹통처럼 캄캄했지만 파리한 낯빛과 극한의 슬픔을 맛본 자의 표정만은 자신과 견줄 바 없이 닮아 있어 종우는 난민 지위 심사위원들 앞에서 떨지 않았다.

긴 세월 동안 종우는 강을 건너오는 북한 사람들을 보았다. 그들이 북송의 위험을 안고 중국 땅에서 어떻게 살아가는지 생생히 말할 수 있었다. 국경 경비대가 강을 넘는 제 동포의 뒤에서 총을 난사하는 것을 눈앞에서 직접 보았기에. 품속을 파고들며 고백하는 선화의 맥락 없는 말들 또한 속속들이 알아들었다. 연막을 치며 끊거나 건너뛰는 말들의 선과 선을 잇고, 점과 점을 이어 붙일 수 있었다.

6

2017년 11월 11일 전통 음식 마술 축제

벤라트성

한밤중에 담배를 찾으려고 연 식탁 서랍에서 노란 포스트잇을 발견했을 때 종우는 한참을 들여다보았다. 한 달 전쯤 선화 앞에서 적어서 넣어둔 것을 까마득히 잊고 있었다.

선화와 함께 축제장에 가기로 유야무야 약속했었다. 선화가 매년 11월 11일 11시 11분에 뒤셀도르프에서 열린다는 전통 축제에 대해 말하던, 유리창으로 밤의 불빛이 들어왔던 식탁 위를 종우는 쓸쓸하게 바라보았다. 11월 11일까지는 열흘이 남아 있었다.

알트슈타트 마르크트 광장의 빌헬름 2세 동상 앞에서부터 축제가 시작된다고 했던가?

사자 겨자통이라고 쓰인 전통 양념통 안에서 거인이 깨어나면서 서막이 열린다고 했다. 밖으로 나온 광대가 마구마구 호통을 친다며 웃는 선화를 따라 종우도 조금 웃었다. 광대가 왜 양념통 안에서 나오는지, 누구에게 무슨 호통을 친다는 것인지 몰랐지만 함께 가겠느냐는 선화의 말에 가슴이 뛰었다. 사람 많은 곳에 가면 어지럼증이 인다는 얘기는 하지 않았다. 선화는 유리가면을 쓰고 형형색색의 옷을 입고 가장행렬에도 참여하겠다고 했다. 아침에 뒤셀도르프 외곽의 벤라트성에서 만나 호수를 구경하고 마르크트 광장으로 가자고 말하며 늦게까지 제 숙소로 돌아가지 않던 선화와 그날 밤 처음으로 몸을 섞었다.

유리 가면이라니?

진짜 유리로 만든 가면인지, 속이 투명하게 보이는 재질로 만든 가면을 말하는지 종우는 알 수 없었다. 사람들 앞에서 제 신상에 관해서만 말을 아낄 뿐, 선화는 이 나라에 대해 많은 것을 아는 듯했다.

제2차 세계대전이 끝난 후에야 재개된 전통 축제는 융단 폭격으로 폐허가 된 돌 더미 위에서도 진행되었다고 했다. 전쟁으로 심신을 다친 사람들은 삶의 즐거움과 해학을 되찾기 위해 각양각색의 옷을 입고 나와 꽃수레와 기마대의 행진 속에서 뻔뻔하고 무례하고 방탕하게 놀며 정상인의 가면을 벗어던진다던가.

종우가 지금껏 듣도 보도 못한 축제들을 선화는 많이 알고 있었다. 색색의 가루와 물감을 온몸에 뿌리고 던지며 서로의 죄를 덮는 축제를 보러 선화가 죽기 전에 가겠다던 곳이 인도인지 네팔인지, 축제의 이름이 할리라고 했는지 홀리라고 했는지 기억을 더듬는 속에서 종우는 생각했다. 홀연히 온 것들이 갈 때는 미련을 보이지 말아야 한다고. 그러나 그날, 선화가 알몸으로 누워 말하던 내몽골 국경 마을이 강렬하게 떠올랐다.

산 넘으면 몽골인 국경 마을 이름이 이얼스라고 했던가?

철로변의 반딧불이 일제히 날아올라 하얀 달과 희롱을 일삼는다는 이얼스의 밤하늘을 보며 선화는 선택의 기로에 빠졌다고 했다.

선화가 달빛을 받으며 산속을 오래오래 걸어서 간 곳이 어디인지, 왜 수풀에 몸을 가리고 야밤을 기다렸는지 말하지 않았지만 종우는 알 수 있었다. 철가시망의 국경선을 넘고 사막을 건너 선화가 가고자 했던 곳이 어디인지. 몸의 기를 다 모아 선화의 속살을 맛보며 종우는 꿈꾸었다. 일주일에 세 번 열리는 터키 시장에서 과일과 야채를 풍성하게 사 들고 선화와 함께 걸어오는 해지는 거리를, 아침저녁 구수한 밥 냄새가 흘러나오는 정갈하고 윤기 나는 주방을. 그 속에서 강한 충동이 일었다. 실은 한국에서 크게 사업을 했던 사람이라고, 진짜 이름은 김원철이 아니고 박종우라고, 북한에는 발 한 짝 디딘 적이 없다고……. 누구에게도 해보지 않은 고백을 하고도 싶었다.

7

태양 아래 노란 볏단을 든 농사꾼이 있는 2017년 11월의 달력은 11일을 오 일 앞두고 있었다. 종우는 다른 요리사 둘이 파우제 시간이 되자마자 밖으로 나간 뒤에도 주방 달력 앞에 오래 서 있었다. 한 사장이 주방으로 들어와, 선화의 방에 곧 한국 관광객이 올 거라고 말했다.

—그 선화라는 아가씨인지 아줌마인지와는 연락이 되나?

한 사장이 뭔가를 탐색하는 눈빛으로 물었을 때 종우는 말없이 고개를 저었다. 선화와 가까이 지낸 것을 한 사장이 아는 눈치였다. 여섯 채의 원룸에 누가 들어오건 한 사장이 종우에게 일일이 말해준 적은 없었다. 다른 요리사들은 근방에 집이 있는 유부남이라 한 사장의 임대 건물에 사는 건 종우뿐이었다.

선화가 내지 않았다는 임대료 때문인가?

종우는 한 사장의 속을 알 수 없었다. 자기가 탈북민 행세를 하는 걸 아는가 싶을 때도 있었다. 한 사장이 "내가 몸뚱이 하나로 여기 와서 탄광 속에서 숯검정 되어가며 일군 게 거저 된 건가?"를 시작으로, 한민족이라는 이유만으로 탈북자들을 고용해 입은 피해를 성토할 때는 목소리가 하늘을 찔렀다. 지금껏 탈북자를 써봤지만 음식이 맛깔나는 요리사는 종우가 처음이라는 칭찬을 아끼지 않았지만 월급을 후하게 올려주지는 않았다. 제육볶음을 감칠맛 나게 만드는 비결이 무엇이냐고 물을 때도 있었다. 북한에서도 매운 고추장을 써서 오징어나 돼지고기를 볶느냐는 한 사장의 질문을 받았을 때 종우는 애매하게 고개를 끄덕였다.

음식에 출신 성분이 어딨나…….

튀긴 두부의 속을 벌려 고추장 오징어무침을 넣은 음식이 입소문을 타고 나가 독일 사람들이 몰려든 이후로 종우는 한 사장의 신임을 얻었다. 찰고추장 비빔국수 위에 양젖 치즈를 둠벙둠벙 얹어 삼겹살을 먹은 손님상에 서비스로 냈던 게 대국식당에서 제일 잘 나가는 단품 요리가 된 지 오래였다.

8

뒤셀도르프 중앙역 부근은 캐리어를 든 남녀와 배낭 여행객과 마약으로 눈이 풀린 히피들이 득시글댔다. 종우는 귀를 찢을 듯이 커다란 귀걸이를 매단 히피들의 풀린 눈빛과 부딪칠 때마다 구토가 일 만큼 어지러웠다. 임머만 거리의 가구점 앞까지 호흡을 가다듬으며 걸었다. 신문을 펴 들고 흔들의자에 앉은 일본인 사장의 등 뒤에 놓인 양가죽 소파에 눈독을 들이는 건 이제 부질없었다. 그러나 도망을 치듯 빠르게 걷다가 돌아보고 말았다.

해변에 밀려왔다 밀려가는 물결 같은 S자 모양의 소파…….

—누워 있으면 바다를 둥둥 떠가는 기분이 들겠어…….

성인 두 명이 누워 상대의 발가락을 간질이기 충분할 만큼 길고 넓은 소파를 보며 종우는 그날처럼 말해보았다. 유리문에 바싹 눈을 붙이고 조명등으로 눈부신 매장 안을 들여다보는 선화 옆에 서서 스르륵 흘러나왔던 말……. 은빛 물결이 출렁이는 대양에 파묻히는 느낌이, 선화와 같은 것을 보고 있다는 게 좋아 벅찼었다.

호젓한 주택가 막다른 골목의 흰색 지붕 돌집은 대문이 잠겨 있다.

거실 벽 하얀 타일이 햇살을 받아 반짝반짝 빛났다. 선화와 함께 살면 창마다 연녹색 커튼을 달고 싶었다. 천정에서 빙그르르 물결치듯 내려와 찰랑거리는 색색의 모빌을 달기에 층고가 높아서 좋다고, 온몸을 버둥거리는 통통한 아기를 떠올렸던가? 둘이나 셋도 나쁘지 않았다. 양육비가 지급되는 복지국가 아닌가. 종우가 한 사장에게 부러운 게 있다면 다섯 명의 자식들이었다. 모두 이 나라에서 태어나 유수한 대학 문턱을 밟았고, 대도시에 나가 기량을 펼쳤다. 한 사장 역시 젊은 나이에 광부로 건너와 간호사로 들어온 아내와 타국에 살면서 제일 잘한 게 자식을 많이 낳은 것이라고 했다. 매달 교육비를 보조 받으며 질 좋은 교육을 시킨 것만으로도 고생한 보람이 있다고.

여름 내내 양귀비꽃으로 붉었던 마당가의 화단은 떨어진 나뭇잎이 수북하다. 종우는 돌아서다 담장 밖으로 나온 감나무 가지에 매달린 단감을 향해 손을 뻗으려다 내렸다. 집을 임대하면 감나무 아래 넓고 둥근 식탁을 놓고 싶었다.

조선족 정씨는 신혼여행은 자신이 책임지겠다고 큰소리를 쳤었다. 뒤셀도르프에서 여덟 시간을 달리면 나오는 오스트리아 인스브루크, 알프스 산맥으로 둘러싸인 마을에 종우와 선화를 내려주고 일주일 후에 데리러 오겠다고 했다. 식재료를 구입하러 다니는 길이니, 국경 지역 퓌센에서 통행세만 내주면 된다는 말에 종우는 기름값도 내겠다고 했다. 사방의 야생화와 눈 쌓인 알프스는 상상만으로도 벅찼다. 살짝만 익혀 핏물이 배어 나는 사슴 스테이크를 먹으며 유리창 너머로 보는 풍광은 그림처럼 아름다울 것 같았다.

술 이름이, 날으는 사슴이라고 했지…….

박카스를 부은 유리컵에 뚜껑을 딴 허브 술을 병째 빠뜨려 마실 때의 기분을 정씨는 오래 늘어놨었다. 사슴 스테이크에 곁들이는 술로 그것만 한 게 없다고. 그날도 정씨는 언제 갚겠다는 말도 없이 구백 유로를 빌려달라고 했다. 선화와 식이라는 것을 올리고 말고 할 처지가 아니라는 것을 모르지 않았지만 종우는 일생에 흔치 않을 여행 경비를 내는 셈쳤다. 함께 몸을 섞고 잠들어 물과 물이 강으로 가고 바다로도 가는 꿈길에 접어들고픈 곳으로 더 바랄 게 없었다.

살인을 했다고 쳐도…… 피치 못해 일이 그리 되었다고 선화가 진실을 털어놓았다면…….

종우는 골목을 빠져나오기 전에 몸을 돌려 가지가 주렁주렁 늘어진 감나무를 바라보았다. 오래 정을 들인 것이 가뭇없어지는 속에서, 아내로부터 주민등록증을 말소시켰다는 말을 듣던 순간처럼 밀려난 사람이 된 느낌이었다.

아내가 그립지는 않았다. 사채업자들에게 쫓겨 밀항할 때 젖먹이였던 딸을 위해 돈을 보내면서 듣는 아내의 목소리는 먼 행성의 빛만큼이나 낯설었다. 딸이 대학교를 졸업한 작년에 아내는 돈을 보내지 말라는 말을 조심스럽게 내비쳤다. 아내가 진작부터 만나온 남자가 있는 것 같다는 어머니의 말이 떠올랐다. 인연을 끊고 살자는 뜻이었을까? 종우는 부모 역할마저 박탈당하는 기분이었다. 밀항과 신분 위장으로 버텨온 생이 드넓은 모래밭에 스며드는 물거품보다 하찮게 느껴졌다.

종우가 인신매매꾼인 과수원 주인의 지시대로 강을 건너온 북한 여자들을 싣고 심양으로, 북경으로, 청도로 데려가는 일에 가담한 것은 아내에게 돈을 보내기 위해서였다. 젊은 여자들 일곱 명을 태우고 청진으로 가다가 중국 공안의 추적을 당하지 않았다면 독일까지 도망 오지 않았을 것이다. 사업차 단동에 왔다는 한국인들에게 은밀히 전달해준 게 마약만 아니었어도.

검은돈을 벌겠다는 욕심을 부리지 않았다면 농사로 등골이 휘며 그럭저럭 중국에서 살 수 있었다. 돈을 벌러 한국에 나가 돌아오지 않는 조선족 행세를 하는 게 어렵지 않았다.

9

마차가 문을 열었고, 여사장이 오늘 밤 단골들을 초대했다는 전화를 해온 건 조선족 정씨였다. 남편이 홀 바닥에 쓰러져 죽은 게 심장마비라는 것이 밝혀지기 전까지 시댁 식구들에게 시달려 마차 여사장의 얼굴이 쪽 빠졌더라고 했다.

오늘 밤 마차에 선화가 올까?

엘레와 윌리베커엘르 교차로를 지나 철로가 보이는 중앙역 사거리까지 오는 내내 발길이 무거웠다. 먹고 살아야 해서 남편 죽은 지 한 달도 안 되어 장사를 시작하는 마차 여사장이 가엾다는 정씨에게 종우는 선화의 소식을 아느냐고 묻지 못했다.

식당이나 유흥업소에서 일하는 조선족들이 정씨를 중심으로 모여 있는 구석진 테이블 앞에 앉자마자 종우는 마차 여사장이 서비스라며 따라주는 알트 비어를 마셨다.

—갸가 몇 살인지, 어디서 왔는지가 와 궁금하노? 그 반반한 얼굴이면 독일에 일자리가 널렸다 널렸어. 갸가 독일 남자들 옆에 찰싹 붙어 배우는 말들이 뭔 줄 아나?

여사장은 풍만한 엉덩이를 구겨 종우 옆의 소파에 앉으며 화제에 끼어들었다.

—그 가시나가 내한테 뭐라 칸 줄 아나? 김치 지짐이 한 접시에 백 유로씩 받아 챙기며 동포들 주머니 울궈내지 말라대. 내 땅 파 장사하나?

종우는 늦게라도 선화가 오기를 바랐다.

—북조선에서 목숨 걸고 나와 도만강인지 두만강인지 건너 중국 살다가 잡혀 죽을 고비 넘기며 남조선 사람 되었다는데 첨엔 뭔 말인지 내 몬 알아들었다.

여사장은 나이 오십에 흰머리가 반이나 생겨 있었다.

—일본 여자가 사장인 미용실에 보조사로 들어가 시간제 일을 하고 싶은데 여행 비자로는 안 된다카대. 그래 내가 여서 돈 벌어 가라고 비자 만들어주려고 했다 안카나. 이 가시나가 내 독일 남편놈 후릴 줄 누가 알았겠나?

여사장이 튀긴 침이 종우의 왼뺨에 수차 닿았다.

—독일이 요새 옛날 나치 시절로 돌아갈지 모른다고 을매나 시끄럽노? 그날도 내가 알트슈타트 간다기에 말렸다. 지가 뭐 한다꼬 그란 데를 가는데? 뭐라카더라?

흰 장미를 흔들며 서 있을 수 있는 힘이나마 가졌기 때문, 이라는 선화의 말을 전하며 여사장은 점점 목소리를 높였다.

—그날 가면 내가 취업 비자 못 내준다캤지. 근데도 이 가시나가…… 내 독일 남편놈까지 가게 문 닫고 함께 가자카대……

너도 이민자 아니냐 이카면서 이 자식이…….

선화는 오지 않을 것 같았다.

조선족 유씨가 시킨 붉은 빛깔의 양주까지 바닥을 보였다. 몸이 어지러워 소파 등받이에 등을 기댄 종우의 귀에 선화가 함부르크로 갔다는 말이 들려왔다. 종우는 말한 이를 찾아 술로 얼굴이 벌건 사내들을 둘러보았다. 그러나 취기로 어지러워 낯선 사내가 말하는 '선화'가 자신이 생각하는 선화인지 알 수 없었다. 지금 누구 이야기를 하는 것이냐고, 자세히 말해보라고 좌중을 향해 소리를 높이는 종우의 얼굴로 날아든 건 유리잔이었다. 중국 용정인가 화룡인가에서 왔다는 사내가 정씨에게 조선족들을 욕먹이는 양아치라고 삿대질을 해댔다. 중국말과 한국말이 뒤죽박죽 섞여 나오는 소음은 점점 견디기 어려웠다. 사람 죽이고 도망나온 새끼가 누구를 욕하냐는 고성에 이어 술잔들이 깨졌다. 북한 회령시 기계 공장 기사로 신분을 위조해 독일에서 난민 심사를 받았다는 짝퉁 탈북자가 화북에서 왔다는 사내인지, 흑룡강에서 왔다는 사내인지 혼란스러웠다. 회령은 김원철의 고향인데…… 종우가 술로 범벅된 몸을 가까스로 빼내는데 마차 여사장이 붙잡았다. 비칠대면서도 그녀를 밀치는 종우의 손에 힘이 들어갔다.

10

종우는 침대에서 나와 술이 반쯤 남아 있는 브랜디 병을 찾아 들었다. 오늘 밤은 깊은 잠에 빠지고 싶었다. 선화와 함께 대양에 둥둥 떠서 밀려가거나 밀항선 밑바닥에 납작 눌려 바다 밑으로 가라앉는 꿈이 따라온다면……, 그것이 길운이기를 바랐다.

바닥난 술병을 거꾸로 쳐들고 마지막 한 방울까지 입에 털어 넣고도 취하지 않는 속에서 불안의 실체가 한 가닥씩 잡혔다. 전범국으로서 참회의 의미로 벌이는 11월 11일의 축제에 어쩌면 극우 단체들이 히틀러를 외치며 등장할지 몰라 종우는 최근 바싹 신경을 쓰고 있었다.

고독과 외로움이 덮쳐왔다. 점점 덩어리를 키우는 것들의 실체를 알 수 없었다. 밤 12시 이후에는 엘리베이터 운행이 중단됐지만 나선형 계단을 쉼 없이 걸어 내려가 술을 사 오고 싶었다. 왜 선화가 위험한 축제에 가고 싶어 하는지 알 것도, 모를 것도 같았다.

내일인가?

선화와 팔짱을 끼고 걸으며 벤라트성의 위대함을 느껴볼 수 있을까?

11월 11일의 음식 마술 축제에 가기 위해 선화와 만나기로 한 곳은 라인강으로 이어지는 길이 나 있는 후원 호수 공원이었다.

두 차례의 세계대전 중에도 파괴되지 않고 옛 모습 그대로라는 뒤셀도르프 외곽의 벤라트성은 유네스코에 등재된 세계 문화유산이라고 했다. 대국식당에 요리사로 온 첫해에 한 사장이 관광을 시켜준다며 직원들을 데리고 간 곳이었다. 한 사장은 오랜 세월에 걸쳐 완공한 자신의 저택을 자랑하는 듯했다. 종우는 유서 깊은 땅에서 산책과 조깅을 즐기는 독일인들을 뜨악하게 바라보았다. 남유럽을 다 먹여 살린다는 자부심이 서려 있는 그들의 여유로운 표정은 이방인의 고독을 부채질했다. 그래서 18세기 궁전 생활을 엿볼 수 있는 가구, 그림, 그릇 등을 보면서도 종우의 발길엔 힘이 없었다.

점점 짙어진 가로등 불 주위로 가늘게 빗발이 흩날렸다. 젖은 나뭇잎이 내려와 유리창을 덮었다.

내일 선화를 볼 수 있을까? 내일이면 번민도 끝이 날 것이다.

……내일…….

내일……. 종우는 허방을 딛는 듯 출렁이는 몸을 곧추세워 창밖에 내리는 빗줄기를 바라보았다.

싱크대 위에 둔 홍시를 파먹고 바닥 곳곳에 똥까지 싸두고 들어간 달팽이는 종우가 유리관을 톡톡 쳐댈수록 흙 속으로 숨어들었다.

—너희네는 정직한 종족인 모양이구나. 홍시 먹으면 붉은 똥

싸고, 오이 먹으면 푸른 똥 싸고, 먹은 것 그대로 투명하게 내놓으니까니 똥에서 단내가 난다야.

콸콸 쏟은 브랜디가 들어간 위장이 요동을 쳐댔다. 시간이 지나면서 창자가 불타는 듯 얼얼했다.

—좀 나와 얘기 좀 하자우. 선화를 만나면 내 뭐라 하면 좋갔니? ……대답 좀 해보라마. 내 어디 가서 이런 말 하갔어?

술김에 종우가 유리관 속에 손을 넣어 휘젓자 달팽이는 흙 속으로 깊이 파고들었다.

—맘 한번 굴뚝지게 먹으면 날 수 있어.

달팽이가 유리창을 스멀스멀 기어올라 밖으로 날아가는 상상 속에서 종우의 목소리는 돌연 활기를 띠었다.

—물고기가 변신하면 새가 된다는 말이 있어야…….

어디서 누구에게 들은 말이던가? 종우는 제 입에서 툭 튀어나온 말에 이어 유리관을 통째로 들어 유리창을 향해 날렸다.

—훅 벗어던지고 한번 날아보라마.

취기로 어지러웠지만 눈앞의 이상한 물체가 무엇인지는 알 수 있었다. 종우는 몸을 비틀대며 유리관에서 쏟아진 생물 가까이 다가갔다.

—혹 덩어리를 떼버렸구나. 훨훨 날아가라마.

가로등 불빛 속의 건물들은 죽죽 쏟아지는 빗속에서도 견고했다. 그것들을 바라보는 흐릿한 얼굴을 되비추는 유리창 속에

상자 깊숙이 넣어둔 낡은 공민증 속의 사내가 서 있었다. 이명처럼 귓속을 휘도는 건 레일을 밟는 기차 소리 같기도, 밀항을 위해 탄 배 밑바닥에서 들리던 엔진 소리 같기도 했다. 종우는 달래듯이 숨을 골랐다. 지금 나는 유럽의 중심 네덜란드와 벨기에와 프랑스, 체코, 스위스, 오스트리아, 폴란드, 덴마크 등과 국경을 접한 나라 한복판에 있다고.

11

중도에 일을 접고 벤라트성으로 가는 택시에 오를 때까지 번민이 끊이지 않았다. 행보를 멈춘다면 선화를 알기 이전의 삶으로 돌아갈 수 있었다. 적적하지만 안정감이 있는 고요함 속으로……. 평생 부서지지 않을 것 같은 견고한 건축물들이 죽죽 늘어선 질서정연한 거리를 걸으며 위안을 얻으려 애를 쓰는 날들로…….

200년 전 한 영주의 사냥터와 연회장으로 쓰였다는 벤라트성의 궁전 정원에 들어섰을 때 날이 저물었다. 종우는 호수가 있는 쪽으로 걸음을 옮겼다. 분수대를 지나 잔디밭을 걸을 때 발에 빈 생수병이 밟혀 부서지는 소리를 냈다. 지난날 모로코인 남녀가 웨딩 촬영을 했던 후원의 대낮은 사람들로 북적였을 것이다. 가족이 오거나 연인끼리 왔을 이들 모두 해가 지고 날이 추워지자 썰물처럼 빠져나가고 없었다.

호수 속 오리들은 가끔씩 날개를 퍼득대다 잠잠해졌다. 한밤의 침입자에 무신경한 그들을 종우는 멀거니 바라보았다. 사방으로 뻗어 있는 숲길들은 멀고 길어서 끝이 보이지 않았다.

달이 풍덩 빠진 호수는 푸른 잉크 빛이었다. 선화가 내몽골 산속에서 보았다는 달도 저런 빛이었을까? 깊은 숲속 계곡물 같던 선화의 몸속에서 들었던 말이 떠올랐다. 수풀 속에서 야밤이 되기를 기다리는데 뭉게구름 조각들이 풍선처럼 둥둥 떠내려왔다고 했다. 얼라들 옷 빨아 널면 파삭 마르겠더라고요……. 산에서 열매 따고 냇가에서 고기 건져 아들딸 많이 많이 낳고 살고 싶다는 말은 선화가 했는지, 자신이 했는지 종우는 기억나지 않았다. 몸과 몸이 섞여 흘러가는 길고 깊은 물속 세계는 말이 하나 되고 노래가 하나 되고 꿈이 하나 되는 유장하고 찬란한 영토였다.

종우는, 끝까지 걸어나가면 라인강으로 이어진다는 여름 궁전 후원 너머로 시선을 돌렸다.

축제는 아직 끝나지 않았는지도 모른다. 왜 거인이 전통 양념통 속에서 잠을 깨고 나오는지, 대체 얼마나 커다란 양념통인지, 밖으로 나오자마자 누구를 향해 무슨 호통을 친다는 것인지, 종우는 벌떼처럼 구경꾼이 모인다는 축제가 비로소 궁금해졌다. 어쩌면 선화는 지금 빨갛고 파랗고 노란 물결의 사람들 속에서 유리 가면을 쓰고 걷고 있을지 모른다. 오늘만은 진짜 자기 모습을 보이기 위해. 그 길 어디쯤에서 선화를 만나면 하얀 장미 한 송이를 건네보고 싶었다.

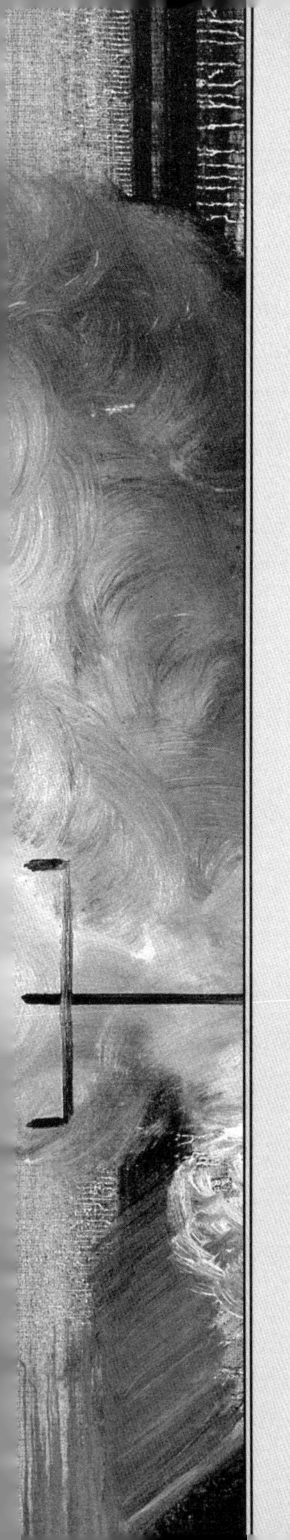

저 멀리서
하얀 불꽃이

1

내일은 떠나야지…….

성국은 붙박이장을 열어 눈에 보이는 대로 청바지와 티셔츠를 걷어 배낭에 담다가 밀쳐냈다. 어디로? 갈 곳을 정한 후에 해도 늦지 않았다. 지금 유리창가에서 말라가는 속옷과 양말을 넣는 데 몇 분이면 될 것이다. 이곳에 올 때처럼…….

……그짝에서는 어떻게 살었는지 모르겄지만 잘살아보겄다고 터를 옮겼으면 발바닥 불나게 뛰어야 쓰제. 공으로 날름 먹을 수 있는 건 없응께…….

이북 출신이라는 점을 들먹이며 쑤셔대는 황 사장의 설침이 아니어도 하루에도 열두 번 강풍에 가랑잎 휘돌듯 마음이 뒤집혔다. 황금펜션 마당 너머로 펼쳐진 망망대해 물살이 은빛으로 반짝이는 것을 볼 때도, 해뜨기 전부터 구슬프게 산비둘기가 울어댈 때도. 바다가 코앞인 숙소 발코니까지 몰아치는 파도와 들고양이의 교성은 성국의 밤을 할퀴어 기어이 가슴 밑바닥을 보게 만들었다. 다 두고 떠나왔지만 남아 있는 것 하나 없을 량강도 혜산이 텅 빈 곳에 오롯이 있음을 알게 되는 순간은 쓰리고 아팠다. 황 사장의 질타가 미진이 때문이라면 성국은 당장에라도 쏘아붙이고 싶었다. 당신 딸이 끊임없이 나를 유혹하고 있다고.

좀 전에도 미진은 채마밭가 귤나무에서 노랗게 익어가는 귤을 따서 성국에게 던졌다. 마당 수돗가를 지나 날아온 귤을 받아내느라 성국은 고양이 꼬리를 밟는 소동을 벌였다. 밤에 물빠지면 고래 뱃속 같은 섬이 나오는데 그곳에서 포도주를 마시자는 미진의 말은 꿈결처럼 몽롱했다. 그러나 성국이 고개를 끄덕일 새도 없이 본채 현관문을 밀고 나온 황 사장의 험악한 눈빛과 마주쳤다. 패딩 점퍼 호주머니에 귤을 넣으며 돌아서는 성국의 뒤에서 황 사장이, 밤낚시 갈 채비를 서두르라고 명령조로 말했다. 탐식하며 동면을 준비하는 살찐 장어를 잡기에 적기라고 했지만 성국은 알고 있었다. 미진과 동백 해변에 가는 것을 막기 위해서임을.

—우리 쟀빛둥이 이리 온나. 얼어묵을 께 뭐 있다꼬 여그 왔노? 여가 너그 집인중 아나?

성국은 미진이 자신의 숙소 토방에 쭈그리고 앉아 새끼 고양이 입술을 빨아대는 것을 모르는 척하며 바다에 나갈 채비를 했다. 물이 가득 찬 바다로 낚싯배를 밀고 가는 황 사장이 화장실 유리창으로 보였다.

—맨날 잡는 괴기 오늘 또 잡을라카나? 달 뜨면 타로점 봐줄라 캤는데?

토방 귀퉁이의 신발장을 열어 면장갑을 꺼내는 성국의 뒤에서 미진이 말했다.

—웃는 새끼 고래 보게 되거든 그냥 놔줘라……. 나 보러 임하도에서 마실 오는 녀석들이거든…….

성국은 등뒤에서 소리를 쳐대는 미진을 돌아보지 않으며 바다로 이어지는 숲속으로 걸음을 옮겼다. 한 달 넘게 봐온 미진은 언제나 처음처럼 종잡을 수 없었다. 어쩌다 웃으면서도 금방 웃음기를 풀어 당황하게 만드는 미진을 이해해보려는 노력은 이제 하고 싶지 않았다.

긴 파마머리를 내려뜨려 작은 얼굴을 반쯤 가리고 있어서인지 미진은 흐릿한 이미지로만 각인되어 있었다. 바로 앞에서 말을 하고 웃을 때조차도. 그러나 수작을 걸 때는 엄청난 기운이 미진에게서 뿜어져나왔다. 어디에서 그것이 나오는지 성국은 불가사의했다. 무인 등대가 있는 해안으로 가는 숲길이나 바닷가 무화과나무 아래 앉아 담배를 피울 때는 푹 꺼져 내릴 듯하던 그녀를 한순간에 돌변하게 만드는 게 무엇인지.

둔덕 위로 죽죽 펼쳐진 유자밭에서 불어오는 가을바람이 점퍼 속으로 파고들었다. 바닷가 부근에 퍼져 있는 일곱 채의 황금펜션들을 지나는 동안 성국은 황 사장에게 맞서려던 마음을 접었다. 내가 당신네 머슴은 아니지 않느냐고. 하필 오늘 밤에 그간 벼르던 일을 해치운들 얻을 게 없었다.

올 때와는 달리, 간조기의 해수처럼 이곳을 홀연히 빠져나가고도 싶었다.

짧게는 오 일, 길게는 육십 일까지 신청할 수 있는 '전라남도 살아보기'에 온 이들 모두 황 사장이 십육 년 전 고향인 모모도에 돌아온 시점부터의 이야기를 들었다. 바닷가 언덕에 슬라브집 한 채를 짓는 것을 시작으로 근방의 땅들을 야금야금 사모아 황금펜션 단지를 만든 내력을 듣다가 황 사장과 싸운 이는 전직 트레일러 기사였다. 세계적으로 퍼진 전염병 사태가 가라앉을 때까지 좀 쉬고 싶다고 솔직하게 말한 그를 황 사장은 가차 없이 퇴출시켰다. 직장에서 밀려났거나 새로운 터전을 찾으려고 모모도에 온 이들 거의가 황 사장에게 불만을 드러냈다. 그들은 황 사장이 꿩도 먹고, 알도 먹고, 알을 키워 새끼까지 치려는 욕심을 부린다고 성토했다. 전남도청에서 신청인의 숙박비를 지원해주는데도 황 사장이 노동력까지 착취한다는 이들과 섞여 성국은 말을 보태지 않았다. 전남도청에서 식비는 제공하지 않는데도 황 사장이 본채 주방에서 세 끼니를 제공해주는 것이 고마웠다. 처음에는 그랬다. 모모도 밖의 세상에서 무슨 일이 일어나든 자신과는 상관이 없었기에.

그렇다 해도 내장까지 보이지는 말았어야 했다고, 성국은 뒤늦게 후회했다. 한국에 와서 칠 년을 살며 벌여본 이런저런 사업들이 망해 이제는 갈 곳도 없다고 첫날부터 너무 솔직했다. 북한에서 중앙당 간부인 아버지 밑에서 호위호식 했다고, 보안서 감찰과장을 지내다 왔다고 어깨에 힘을 줄 처지는 아니었다고 해도.

이리 말하나 저리 말하나 마흔이 코앞인데 몸을 눕힐 방 한 칸 없는 게 달라지지는 않았다.

2

—아따 고것 하나 못 잡고 오도방정이네잉~

황 사장이 통발 그물에 걸린 게를 우악스럽게 뜯어내며 성국을 질책했다. 장어가 어장고 홈통에 들어가 몸을 쭉 뻗었을 때 성국은 황급히 가위를 찾아 들었다. 손을 뻗을 때마다 뱃바닥에서 파르르 요동을 쳐대는 장어와 씨름하느라 진땀이 흘렀다.

—산 채로 잡어야 쓰지. 반칙이지 고것은.

황 사장이 다급히 외쳤다.

반칙이라니? 그깟 장어 한 마리를 놓고 황 사장이 왜 핏발을 세우는지 성국은 모르지 않았다. 아침나절, 미진과 버스 정류장으로 나란히 걸어가다 황 사장과 맞닥뜨렸다. 완도 오일장 구경을 간다고 성국이 말하기도 전에 황 사장이 "외지 놈과 어디를 쏴 댕기냐?"며 미진의 등을 밀어댔다.

—워메 놓쳐부렀네.

장어가 잡히지 않기를 바랐던 양 황 사장은 신이 나 있었다. 성국은 수로 구멍을 빠져나가는 장어를 노려보았다. '외지 놈'이 떠올라 기분이 좋지 않았다.

—쌔가 빠지게 괴기 잡어 눈앞에서 아깝게 놓쳐부렀어. 자네가 이북에서는 어떻게 살다 왔는지 모르겠지만 여그서는 어지간혀서는 먹고살기 힘들어뿐께.

성국은, 흔들리는 배 안에서 굽은 등으로 아슬아슬하게 중심을 잡으며 몸을 놀리는 퇴임 교수를 뜨악하게 바라보았다. '전라남도 살아보기'를 하러 온 지 일주일째인 그는 지나치게 부지런한 황 사장과 죽이 잘 맞았다.

퇴임 교수는 배를 고정한 밧줄이 양식 어구를 묶은 줄과 꼬이는 것을 막고, 뱃바닥이 더러워지면 바가지로 바닷물을 퍼서 청소하면서도 입을 가만히 두지 않았다.《노인과 바다》속 노인이 상어에게 포획물을 빼앗기고 얻은 대어의 뼈다귀가 상징하는 게 무엇인지 아느냐고,《백경》흰고래의 숨은 뜻을 무엇으로 보느냐고, 인생의 막바지에서나 알 수 있는 두 작품의 공통점이 무엇인지 아느냐고…….

황 사장이 무인도에 바다펜션을 지으면 어떻겠느냐고 물었을 때도 퇴임 교수는 "내가 있는 동안 기꺼이 돕겠소. 사지 멀쩡할 때 뭐든 지어야지요" 했다. 숲속에 집을 짓다 죽으면 그 죽음이 값질 것이라는 퇴임 교수의 말이 끝나기도 전에 황 사장이 득의만만하게 성국을 바라보았다.

사억을 들여 무인도를 샀다는 황 사장의 말을 처음 들었을 때 성국도 "대단하십니다"라고 찬사를 날렸다. 건축물로 쓸 돌덩어리를 함께 모으자는 말을 듣기 전이었다. 산에서 표고버섯을 재배하고, 흑염소를 키우고, 바다에 배를 타고 나가 통발을 거두는 것 말고도 일이 많았다. 주조장 사장을 아버지로 둔 철학 박사와 중등교사 부모를 둔 경영학 박사가 일이 힘들어 열흘을 못 버텼다. 비슷한 시기에 온 그들처럼 성국도 떠나고 싶었지만 숙박비를 지원하는 농어촌 활성화 정책의 규정상 칠십 퍼센트를 상주해야 했다.

성국은 두 달을 신청해 한 달을 보냈다. 적어도 열이틀은 더 채워야 운영업체인 황금펜션에 숙박비 예치금으로 넣은 오십여만 원을 찾아갈 수 있었다. 북한에서 빙두를 빼와 한국으로 들여와 팔자는 제의를 단칼에 거절했기에 안산 동국 선배의 집에는 갈 수 없었다.

—힘 안 들어요? 무리하다 골절이라도 당하면…….

황 사장이 배를 장흥 앞바다 쪽으로 옮기는 도중에 성국은 퇴임 교수 옆으로 가서 말했다. 황 사장과 함께 배를 끌고 생일도에 들어가 몽돌을 나르다가 허리를 다쳤다는 말을 해주고 싶었다.

—서류상으로는 내 나이가 육십여덟여. 황 사장님과 동갑이네. 실제는 칠십하나. 이 나이가 되면 말이야. 내가 언제 어디서 무엇을 하다 죽게 될지, 상념이 떠나지 않거든. 오래 해서 좋을 생각인지 아닌지 그것을 모른단 말이야. 그것만 알아도 좋겠는데 말이야…….

뱃바닥을 빙그르르 돌고 있는 장어의 두 눈을 엄지와 검지로 눌러 제압해 높이 들어올리며 퇴임 교수가 허허롭게 말했다.

3

모두 모여 점심을 먹는 본채 주방 식탁에서 미진은 성국의 허벅지에 동백 해변에서 보자는 메모지를 올려놓았다. 황칠나무 우린 물을 주전자에 담아 식탁에 올리면서였다. 내일 완도에 나가 황금펜션 일곱 채의 지붕을 새로 칠할 페인트를 사 오라는 황 사장의 지시를 듣느라 성국은 미진에게 화답할 틈이 없었다.

잡목이 우거진 산길을 올라가는 미진이 멀리로 보였다. 성국은 느릿느릿 마당 황칠나무 밭을 가로질러 밖으로 나왔다.

동백 해변으로 가는 길은 여러 갈래였다. 안동 권씨 추밀공파 선산이 있는 언덕길로 접어들면 무인 등대가 있는 해안가 초입에서 미진과 만날 수 있었다. 바윗길을 타야 하는 산허리 외길에서 성국은 걸음을 멈췄다. 넓은 묘 터가 있는 비탈길이 험난했다. 둘러봐도 미진이 보이지 않았다. 미진에게 연락을 취할 방법이 없었다. 미진은 육 개월 전에 모모도에 들어오면서 핸드폰을 없앴다고 했다.

정말 죽으려고 모모도에 왔나?

성국은 미진이 담배를 피우며 혼잣말처럼 해대던 말들을 떠올렸다. 어제 부둣가 술집에서 들었던 소문도 신경이 쓰였다. 모모도 사람들은 고향에 돌아와 수억대 재산가가 되었다는 황 사장에게 질시와 선망을 품고 있었다.

수시로 땅 사고, 바다 나가 괴기 잡으면 우덜헌티 떡 한 조각이라도 돌려야 쓰제. 여그 와서 눈도 맞추고 이바구도 나누자는 것잉께. 그리 야박허게 산께 딸이 그 모냥이겄지. 마약쟁이라는 소문이 쫙 퍼져버렸둥만. 그 속도 속이 아닐 거인디…….

속도 속이 아닌 게 미진이라는 것인지, 황 사장이라는 것인지 성국은 알지 못했다. 황 사장에게 미진은 제일 아픈 손가락이라고 했다. 미국에 유학을 갔다는 황 사장 아들에 대해서는 들은 게 거의 없었다. 황 사장이 공짜로 인력을 부리는 것에도 그들은 샘을 냈다. 나라에서 왜 돈 많은 놈을 지원하냐고 따지는 그들에게 성국이 귀어를 권장하기 위한 정책이라고 설명했을 때 누군가 목소리를 높였다. "즈그들 맘대로 막 모모도에 올 수 없당께. 우덜 허락을 받아야 혀. 그러고 바다 나가 괴기 잡을라믄 해마다 돈 내야 쓰지 긍께……" 침을 튀겨대던 그들 모두 성국이 모모도에 정착할까봐 염려하는 듯했다.

너른 바다를 굽어보는 산등성이로 쏟아지는 햇살은 뜨겁고 바람은 찼다. 성국이 바닷물 철썩이는 소리를 들으며 잡목숲을 지났을 때 멀리로 동백나무 숲이 보였다. '미사 동백 해변 500m'라고 쓰인 나무 팻말 화살표 방향을 따라 언덕을 내려왔다. 둘레길 아래로 작은 지붕들이 옹기종기 모여 있는 마을이 보였다.

붉은 꽃송이가 숨듯이 붙은 동백나무와 소나무들이 있는 숲속 방갈로들 사이로 언뜻언뜻 푸른 바다가 내비쳤다. 해묵은 나뭇가지와 솔방울로 덮인 산길은 길게 펴진 해변으로 이어졌다.

동백꽃이 피면 산이 빨갛게 불탄 듯 보인다고 들었다. 아름다운 모래 마을이라는 뜻의 '미사리'가 된 것도 자갈들 사이의 고운 모래 때문이라던가. 젊은 남녀가 동반 자살을 한 사건 이후 관광객이 거의 끊겼다는 말은 열흘 전, 산에서 밤을 줍던 젊은 비구승에게 들었다. 한 사람이 겨우 다닐 폭으로 난 길을 막고 서서 그는 의혹에 찬 눈길로 성국을 바라보았다. 자살한 젊은 남녀의 시체가 근방의 섬까지 떠내려갔다고 했다. 사건 이후에 이곳에 물귀신이 있다는 소문이 돌았는데 실제로 매년 익사 사고가 일어나고 있다고, 그는 혼잣말하듯 중얼거렸다. 물빛이 맑아도 물살이 거세다고.

인적 하나 없는 오후의 가을 해변은 고요했다.

밀려갔다 밀려오는 물살에 곱게 다듬어진 자갈밭을 지나자 거대한 암석이 드넓게 깔린 판판한 길이 펼쳐졌다. 망망대해에 떠 있는 고래 뱃속 모양의 바위섬이 멀리로 보였다. 우람한 나무 한 그루를 업고 그림처럼 떠 있는 바위섬 어디쯤에 미진이 있을지 몰라 성국은 바닷물 속으로 들어가다 되돌아 나왔다. 보기보다 수위가 높아 물이 턱까지 차올랐다.

4

미진 씨……?

오뚝한 콧날과 새초롬한 표정의 작은 얼굴은 미진이 틀림없었다. 해외로 달아난 마약밀매업자 동거녀, 라는 자막이 화면 하단에 떠 있었다.

이 년 동거했어요. ……일하러 자주 해외 들락거렸어요. ……캄보디아, 라오스, 태국? ……고가여서 단골에게만 판다고 들었어요. 침향나무로 만든 침대나 장롱, 그네 같은 것…… 마약 밀수……? 몰랐어요 나는…….

모자이크 빗금이 반쯤 지워져 옆얼굴이 고스란히 드러난 미진의 가명을 성국은 가만히 읊조렸다.

황진숙.

시사 기획 〈마약을 말한다〉 진행자는 힘주어 말했다. 껌 한 통 사는 것보다 마약 사는 게 쉬워진 세상에서 우리 사회가 풀어야 할 과제가 무엇인지를 성찰해야 할 때라고. 흰색 페인트가 없어 지하 창고로 찾으러 간 생활 마트 직원이 올라오지 않고 있어 성국은 벽에 붙은 텔레비전 앞으로 다가갔다. 주말 저녁에 한두 번 본 적 있는 다큐멘터리 재방송이 언제적 것인지 알 수 없었다.

……아직 어려 그런가? 기자님 너무 뭘 모르신다……. 결혼 약속 같은 건 안 하고 살았어……. 타로점 쳐주다가 만났다니까…….

마약 복용 혐의로 검거돼 집행유예 이 년을 선고받은 전력이 있다는 화면 속 황진숙은 시큰둥히 말하며 자조 섞인 웃음을 쏟아냈다.

……파주 오피스텔. 지하철역이 멀어 월세가 쌌어……. 서로

다 알지 못해도 함께 살 수 있어요, 기자님! ……세상에 안 되는 건 없다니까……. 말끝을 길게 끌며 올리는 미진의 어투는 변조음에서도 두드러졌다.

해외로 도망친 마약밀매업자와 미진이 동거했다는 것을 황 사장의 아내는 알고 있었던가? 그래서 "우리 미진이 하나만 여우믄 나가 더 바랄 게 없당께"를 입에 달고 살았나?

황 사장의 오피러스를 세워둔 항구 쪽으로 오는 내내 머릿속이 복잡했다. 방파제 주변에 서서 그물을 손질하는 사람들과 부딪칠 뻔하며 성국은 하릴없이 걸었다. 유람선 터미널이 있는 쪽에서 발길이 막히고도 어디로 가야 할지 몰랐다. 해미에게 갈까? 불쑥 충동이 일었다. 황 사장의 차가 있으니 못 갈 것도 없었다. 그러나 황급히 걸어 운전석에 앉고도 시동을 걸지 못했다.

한국에 온 지 두 해가 넘었을 때, 추석 특집 텔레비전 방송에서 해미를 보았다.

'사랑 찾아 네 개의 국경을 넘은 탈북녀'라는 부제가 달려 있었다. 유자 농장을 하며 어린 딸을 키우는 해미는 행복해 보였다. 사업차 중국을 드나들었던 한국 남자를 만난 게 제 인생의 행운이라며 웃던 해미가, 함께 사랑을 속삭였던 그 해미라는 게 믿기지 않았다.

차편을 물어물어 남도 해미의 집에 갔었다. 두 번이나 갔지만 해미를 부르지 못했다. 담벼락 아래에 서서 밝은 불빛이 흘러나오는 집 안 유리창을 바라보았다. 세 번째는 기껏 시외버스를 타고 터미널까지 갔다가 군내 버스로 갈아타지 못하고 돌아섰다.

대바구니를 들고 해미의 뒤를 졸졸 따라다니던 딸아이는 올해 일곱 살쯤 되었을까? 만 평이 넘는 유자 농장을 하는 해미의 집이 모모도에서 멀지 않았다. 최근 개통된 연육교를 건너 이제는 배를 타지 않고도 갈 수 있었다.

해미가 사는 곳과 가까워 어촌 생활 체험지를 모모도로 선택했을까?

성국은 그럴 리 있겠는가 싶다가도, 그랬을지도 모른다고 생각했다. 전남도청 지원금으로 '어촌 생활 체험하기'를 신청할 수 있는 운영업체가 십여 곳이 넘었다. 교육과 체험, 숙박 등을 지원해주는 조건이나 위치는 상관없었으니, 성국이 황금펜션을 선택한 것에는 '해미'가 있었다.

시외버스를 타고, 군내 버스를 타고, 배를 타고 가서도 부르지 못했던 해미를 붙잡고 할 말이 있을까?

마량 해안 도로에 진입하면서 성국은 라디오의 볼륨을 올렸다. 사랑하기에 떠나신다는 그 말 나는 믿을 수 없다,는 가사의 노래가 흘러나왔다. 두 개의 연육교를 지나고 지붕 낮은 집들이 옹기종기 모인 어촌 마을에 다다르는 내내 마음이 무거웠다. 바다를 낀 산 아래 일곱 채의 객실 건물과 흰색 본채 건물이 있는 황금펜션 단지가 보이는 언덕길에 접어들었을 때 성국은 참았던 한숨을 내쉬었다.

5

—뱀~ 조심해요~

미진이 와인이 든 나무 술병 뚜껑을 열다가 비명을 질렀다. 미진이 손을 뻗어 가리키는 자갈 위에 해초 가닥이 길게 늘어져 말라가고 있었다.

—뱀이 길어요?

성국이 탐색하듯 물으며 미진에게서 술병을 받았다. 마약 중독자들이 헛것을 본다는 것을 성국은 알고 있었다.

—바다장어인지도 모르죠. 바닷물 들었다가 빠져나갈 때 덜 떨어진 것들은 때를 모르고 놀다가 엉뚱한 곳에 갇히기도 하니까요.

미진이 태연히 말했다.

—이 술병 보면 하늘을 나르는 요술 램프 꼭지가 떠올라요. 술술 요술 연기가 흘러나오는……. 침향나무로 만들었다네. 손수.

미진이 '손수'를 길게 늘이며 말했다. 성국은 동남아 가구들을 수입해 판다는 동거남이 만든 것이냐고 물으려다 그만두었다. 삼 년을 동거한 남자가 마약밀매업자인지 몰랐다던 황진숙의 냉소 어린 웃음이 떠올랐다.

—어쩌다 보니 한집에서 살게 됐어요. 냄비에 라면 하나 끓여 소주 나눠 마시며. 금방 정이 들데. 하얀 영양제 탄 술 나눠 마시며 몸도 섞고.

술병 나무 마개를 열었다 닫기를 반복해대며 미진이 시큰둥히 말했다.

—우리 아버지가 나 없는 자식 친다고 했거든. 라면 한 봉지 없을 때도 집에 안 내려왔어. 우리 아버지 보기 싫어서. 아침마다 그 사람 운세 봐줬지. 타로 일흔여덟 장 뭘 뽑든 점괘는 꾸미기 나름이니까.

미진이 픗 소리를 내며 웃었다.

—매일 가짜 점 쳐주며 그의 누나가 되어줬어. 알고 보니 나보다 여섯 살이나 많데. 나이도 속이면서 별것 별것 다 시켰어……. 걸렸으면 감방 갔을 거야. 침향나무 피리를 평창동에 가서 전해주고 오다가 잡혔어 나도……. 그 속에 마약이 들었다대…….

한낮의 물빛이 믿을 수 없을 만큼 푸르고 잔잔했다. 성국은 눈부신 햇살에 자주 눈을 감았다 떴다. 시간이 지나면서 암석 바닥이 뜨거워 숲 그늘 아래로 자리를 옮겼다.

—흔적 남기지 않으려고 내 오피스텔 들어와 살았나봐. 지하

철역이 멀어서 월세가 쌌어. 우리 아버지 말이 맞아. 세상 무서운 줄 모르고 더 설쳐봐야 내가 사람 된다나.

자리를 털고 일어나기엔 아직 남은 해가 길었다. 성국은 미진이 넘겨주는 술병을 받아 느린 속도로 한 모금씩 홀짝거렸다. 술이 들어갈수록 풀어지는 몸과 달리 마음이 편치 않았다. 황금펜션 지붕들을 새로 칠하라는 황 사장의 지시가 있었지만 페인트 뚜껑조차 열어보지 않았다.

—한때 돈 없어 밥은 못 먹어도 와인은 마셨어. 하얀 영양제 조금 타서 마시면 금방 세상이 다르게 보여서.

나는 그것을 하얀 빛깔 별사탕,이라고 부른다고 말하려다 성국은 그만두었다.

성국은 빙두를 입에 대지 않았다. 한 번 입 대면 신세 망친다는 말을 귀가 아프게 들었다. 마약범 담당인 보안서 상사는 유혹하듯 성국에게 말했다. 조금만 먹으면 정신 건강에 좋다고.

—가끔은 내 귀가 거짓말을 해. 사랑한다더라고. 사랑한다니까 마약 사범으로 감옥 들락거린 것 알고도 시키는 건 다 했어.

—…….

—사랑 빼면 시체잖아. 시체들이 둥둥 떠서 뻐끔뻐끔 입을 벌려 말하는 소리 들어봤어?

—…….

—아버지가 집에 돌덩어리 들고 와 쟁일 때마다 내 숨통이

막혀. 전생에 원수였다니까.

술이 줄어들수록 미진의 말은 두서없었다.

―아버지가 결혼 못 시켜준다고 해서 약 먹었어. 열여덟 초봄에. 여기서.

―…….

―이십 년 전이나 똑같네 여긴…….

―…….

―술 타서 똑같이 먹었는데 나만 살았어.

―그날 바다에 붉은 동백 꽃잎이 점점이 떠서…… 바람에 날려온…… 아름다웠어…….

―…….

―저기 저 바다 한가운데 훨훨 떠서 웃고 있네. 눈이 부실 만큼 하얗게. 동규야~

미진이 손나팔을 만들어 바다 쪽에 대고 소리치는 옆에서 성국은 술을 마셨다. 멀리 한두 척 떠 있던 낚싯배마저 사라지고 없어 바다는 꿈결처럼 고요했다. 점점 물이 빠져 색색의 고운 자갈들이 햇살 아래 빛을 뿜었다.

―모를 것들이 많습니다. 사랑 때문에 국경을 넘었다고 생각했는데. 무엇 때문이었는지…….

흐르는 시간 속에서는 내 마음도 믿을 게 못 된다고, 제 입에서 투두둑 떨어지는 말들을 들으며 성국은 멀리 떠 있는 섬들을 바라보았다. 제 말의 진위를 알 수 없었다. 오랜 체증 같은 게 내려가는 느낌이 좋아 거푸 술을 마시며 미진이 알아들을 수 없을 말들을 늘어놓았다.

해미의 남동생이 굵은 알갱이 소금과 섞은 대량의 빙두를 들고 넘어가다 특수 감찰반에게 걸리지 않았다면 성국이 보안서 감찰과 정복을 벗지는 않았을 것이다. 중국으로 마약을 밀매하는 해미의 남동생을 봐준 게 들통났을 때 운이 좋았다. 세 개 지역 보안서에서 성국을 연행하기 위해 출동했다는 전화를 해준 게 도 검찰청에 있는 선배였다. 공민증도 없이 권총만 몸에 지닌 채 밖으로 나온 게 밤 10시였다. 해산 바닥에 벌써 보위부 요원들이 진을 치고 있었다. 모든 초소가 다 막혔다는 것을 안 그 순간에 어이없게도 해미가 보고 싶었다.

처음 본 순간부터 가슴을 뛰게 했던 첫사랑이었다. 여섯 살 연상의 해미가 평양에서 혜산으로 내려왔을 때부터 성국은 토대 좋은 집안에서 들어오는 선을 물리치며 서른이 되었다. 채 일 년도 누리지 못한 사랑이, 제 운명의 물꼬를 엉뚱한 곳으로 돌리고 있을 줄은 상상도 못했다.

취해 비틀대던 미진이 놓친 술병에서 와인이 쏟아져내렸다. 암석 위의 붉은 얼룩이 마르기도 전에 벌어지는 상황이 믿기지 않아 성국은 눈을 깜박거렸다. 미진이 팬티 한 장 남기지 않고 옷을 벗어 팽개쳤다. 바위들 틈에서 정말 뱀이 나왔는지도 모른다고, 순식간에 사라지는 건 미물들만의 특권이라고, 성국은 취기를 빌어 미진의 말을 믿어보고 싶었다. 마약을 하면 맨정신에는 안 보이는 것들이 보인다고 들었다.

몸을 굴려 하얗게 물보라가 일어나는 곳으로 간 미진에게 다가가기 위해 성국은 몸을 일으켰다. 긴 머리를 자갈들 위에 늘어뜨리고 누워 하늘을 바라보는 미진의 알몸은 아름다웠다.

6

황 사장은 땅거미가 지고도 나타나지 않았다. 소라들이 붙은 갯바위가 바닷물에 잠기고 있었다. 모래 해변으로 밀려드는 물의 기세가 만만찮아 성국은 주변을 둘러보았다. 잡목이 무성한 산속 넝쿨들을 헤치면 길이 나 있는지 알 수 없었다. 바닷물이 차오르면 산 어느 지점까지 잠기는지도.

감성어가 줄줄 올라와 시간 가는 줄 모르는 것일 수도 있지…….

성국은 불안한 마음을 휘어잡았다. 황 사장이 정오에 성국을 이곳에 떨궈놓은 것은 오후 2시에 물이 빠지면 바위에 붙은 해삼을 잡으라는 이유에서였다. 그러나 물이 빠진 바다에 들어가 산 뒤쪽까지 돌아봤지만 해삼은 보이지 않았다.

나를 수장시키려고?

성국은 미진과 동백 해변에서 정사를 나누고 나오다가 황 사장과 마주쳤을 때 뻗대듯이 맞섰던 게 후회되었다.

서울 낚시꾼들이 말한 금당도 보댕이 협곡을 황 사장이 못 찾고 헤매는 것이기를 바랐다.

낚시꾼들은 고흥 금진항에서 유람선을 타고 금당 팔경을 관람하는 중에 그곳을 알았다고 했다. 그곳에 무사히 앉기만 하면 대어를 잡는다는 소문이 낚시꾼들 사이에 파다하다고 했다. 그런 말은 처음 듣는다고 황사장은 손사래를 치다가 곧 진지해졌다. 어지간히 기가 센 남자가 아니고서는 그 절벽 앞에 앉지도 못한다는 말이 나온 후였다. "쫙 벌린 여자 거시기 같더라니까. 소음순이라고 하잖아. 그것도 보인다니까. 제주도 말로는 보댕이라고 하지." 누군가 말했을 때 황 사장은 웃돈을 요구했다.

멀리 서너 척 떠 있던 어선들이 뱃머리를 돌리는 것을 성국은 멀거니 바라보았다. 당장 122에 신고해 해양 경찰을 부르고 싶었지만 핸드폰은 여전히 먹통이었다. 해삼 대신 소라를 따느라 성국은 점퍼 호주머니에서 핸드폰이 떨어지는 것도 몰랐다.

어둠이 짙어 먼 섬들이 보이지 않았다. 바닷물에 밀려 성국이 무인도 중턱까지 들어갔을 때에야 황 사장이 배를 몰고 오는 게 멀리로 보였다.

—인생이 그리 호락호락한 게 아니랑께. 보댕이 속에 푹 앉

왔다고 혀도 파도가 겁나게 쳐대뿔면 밑밥이 좋아도 피라미 한 마리 못 낚는 것잉께.

황 사장이 왜 늦었다는 말 한마디 없이 배를 돌리며 혼잣말처럼 중얼거렸다.

여기가 어디인가?

삼십여 분 넘게 고속력으로 달리는 뱃머리에 앉아 성국은 왜 아직도 모모도를 떠나지 못하는지 자문했다. 언제 어디서든 훌쩍 떠나는 게 어렵지 않았다. 한국에 와서 보낸 칠 년여 동안 무엇보다 잘하는 게 있다면 훌훌 손을 터는 것이었다. 그럴 수 있게끔 제 마음을 붙잡는 것 하나 없다는 게 가끔은 씁쓸했다.

선화와 함께 산 원미동의 연립주택에서 그나마 제일 오래 머물렀다. 우연히 새터민들의 모임에 갔다가 알게 된 선화와 일 년을 동거했다. 동갑인 그녀가 살갑지는 않았지만 애정을 갈구하지 않아 되려 편안했다. 어느 봄날 저녁 그녀가 식탁에 소주를 내놓으며 함께 마시자고 했을 때, 이별을 직감했다. 중국에서 알게 된 조선족 언니로부터 독일에 일자리가 있다는 연락을 받았다는 그녀의 말에 성국은 고개를 끄덕였다. 너 가는 곳에 나도 가겠다고 할 만큼 선화를 사랑하지 않았고 선화 역시 그것을 알았다. 성국이 차린 청소 대행업소가 고전하다 빚더미에 앉은 시점이었다. 오천만 원 보증금에 월세 오십만 원을 내던 집을 빼서 천만 원만 챙기고 선화에게 주었다. 한국에 다시 오게 되면 내게 연락을 하겠느냐고 묻지도 않았고, 언약을 받지도 않았다. 선화가 떠나고 일 년 반을 어정거리다, 동국 선배가 안산에 차린 삼겹살집에 들어가 일을 도왔다. 식당에 딸린 방이 있어 숙식이 해결되었다. 한 달에 한 번 정도 선화에게서 이메일 편지가 왔다. 점차 두 달에 한 번, 석 달에 한 번으로 줄어들었지만 소식을 애타게 기다리지는 않았다. 우르르 몰려왔다 나가는 손님들을 받고 쓰러져 자는 나날이 훌훌 지나갔다. 전염병이 퍼져 식당이 문을 닫은 몇 달 전까지 동국 선배가 알아서 임금을 챙겨주었다. 답답할 때마다 배낭 하나를 메고 정처 없이 쏘다니다 돌아왔기에 용돈 정도를 챙겨주는 것도 고마웠다.

선화에 대한 감정은 한때 한집에서 살았었지, 정도로만 남겨두었다. 처음부터 부부로 살자고 약속하지 않았기에 헤어질 때도 깔끔했으나 가끔은 유원지에 놀러가 함께 찍은 사진 한 장이 없구나 싶으면 쓸쓸해졌다. 북한에서 대학 문턱은 밟아봤다고 말하던 선화 앞에서 성국은 말을 아꼈다. 중앙당 간부인 아버지를 둔 덕에 철갑상어 회국수와 칠색 숭어탕을 물리게 먹으며 자랐고, 러시아 수입차를 몰고 다녔다는 자랑도 하지 않았다.

남자의 울타리 안에서 살아본 적 없는, 무능한 아버지를 둔 여자답게 불우한 환경에 엄살 부리지 않는 그 강인함으로 남자의 가슴 밑바닥에 있는 보호 본능을 끌어낼 줄 모르는 여자. 가끔 성국은, 온반을 두 그릇을 먹고도 허기가 가시지 않아 뒤셀도르프를 떠나야 할 것 같다는 그녀의 편지를 받았을 때 한국으로 돌아오라고 말해주지 못한 게 목에 걸린 가시처럼 아플 때가 있었다.

네가 원한다면 함께 살 집을 마련해놓겠다고 왜 답장을 보내지 않았을까?

7

—햐 이 새끼. 형제처럼 닮았다고 지가 장어인 줄 아는 모양이랑께.

뱃바닥에서 요동치는 바다뱀을 황 사장이 장홧발로 차댈 때 성국은 몸을 움츠렸다. 사나운 발길질을 당한 게 자신인 것만 같았다. 바다에 나온 지 세 시간이 지나서야 성국의 낚싯줄에 걸린 바다뱀이었다. 다른 날은 바다뱀이 올라오면 뜰채로 건져 바다에 넣어주던 황 사장이 유독 눈을 빛내며 다가갔다.

황 사장의 사나운 발길질을 당한 바다뱀은 몸을 똘똘 만 채 뱃머리 구석에서 움직이지 않았다. 황 사장의 헤드 랜턴에 비친 그것이 장어와 어떻게 다른지 성국은 알지 못했다. 장어와 다른 듯 닮은 바다뱀을 유별스럽게 학대하는 황 사장의 저의는 짐작으로 알았다. 미진에게 접근하지 말라는 경고였다. 어쩌면 오늘 밤의 장어 낚시도 황 사장이 즉흥적으로 만든 계획일 것이다. 해 질 무렵 채마밭가에서 미진과 주고받은 말을 황 사장이 엿들은 게 틀림없었다. 미진은 오늘 밤 동백 해변에서 타로점을 봐주겠다고 했다.

—자리를 옮겨야 쓰겄네. 장흥 삭금리 쪽으로 가보세.

황 사장이 배를 고정시킨 밧줄을 풀며 말했다.

—파리 한 마리 잡을 때도 몸에 온 힘을 실어야 쓰는 것이랑께.

이십여 분 넘게 배를 몰아 해안 도로의 불빛이 보이는 지점에서 고정시키며 황 사장이 퉁명스럽게 말했다.

신들린 듯 장어를 낚는 황 사장이 오늘은 세 시간 넘게 열 마리도 못 잡았다. 사사건건 날을 세우는 황 사장 옆에서 성국은 바다 바닥에 닿는 느낌이 들 때까지 떳방 낚시대 줄을 풀었다. 날이 추워지면 장어잡이도 어렵다고, 동면 준비로 살이 통통하게 올라 있을 때 부지런히 잡아야 한다고 중얼거리는 황 사장에게 어떤 대꾸도 하지 않았다. 장어의 입질을 기다리며 1.7톤 어선 안에 황 사장과 단둘이 앉아 있는 게 힘들었다. 황 사장은 심심할 때마다 뱃머리와 후미 쪽을 부산스럽게 오가며 바다뱀을 장홧발로 툭툭 차댔다. 평소라면 황 사장이, 얼룩말처럼 줄무늬가 있는 것까지 장어와 형제처럼 닮은 바다뱀에 대해 떠벌리며 해박한 지식을 자랑했을 것이다. 날붕장어, 까치물뱀, 갈물뱀, 자물뱀, 돛물뱀 등의 맹독성 바다뱀에 대해서까지.

황 사장은 날이 샐 때까지 돌아가지 않을 기세였다.

졸았나 싶은 어느 순간 성국은 번쩍 눈을 떴다. 뱃머리 구석에 죽은 듯이 있던 바다뱀이 검은 바닷속으로 솟구쳐 들어갔다. 헛것을 봤나 싶을 만큼 순식간이었다.

—햐 이 새끼 죽은 척 쇼를 하더니만.

황 사장이 허탈하게 중얼거렸다.

미진이 동백 해변에서 기다리고 있을까? 성국은 체념하듯 한숨을 뱉었다.

달빛으로 밝은 순백색 하늘 아래서 듣는 말들은 장미 향처럼 달큰하고 은근할 것이다. 사랑의 상처로 어디에도 마음을 못 붙이고 평생을 떠돌 팔자라는 불우한 점괘를 받는다 해도…….

8

드넓은 바다에서는 내 것 네 것이 따로 없다고 호방한 척하던 황 사장이 누군가 아침 일찍 통발을 거둬갔다고 욕을 해댔다. 어선 가득 활어를 싣고 돌아오지 못해 잔뜩 성이 난 듯했다. 성국은 자신을 향한 핏발임을 모르지 않았지만 방에 누워 꼼짝을 하지 않았다. 작신 두드려맞은 듯 몸이 아팠다. 기운이 조금이라도 있다면 황 사장을 들어 마당에 패대기를 치고 싶었다.

당신 딸이 내게 성병을 옮겼다고 말할 수는 없었다.

나주시 등에서 코로나19 유행이 확산되고 있다는 전남도청의 문자를 받은 날 성국은 비뇨기과 검사를 위해 완도 읍내에 나갔다. 단순한 요도염으로 예상했다가 성병 진단을 받았을 때는 허를 찔린 느낌이었다. 감염병이 확산되고 있으니 불필요한 외출은 삼가라는 문자가 수시로 날아드는 시점이라 어디든 분위기가 흉흉했다.

당신 딸이 동백 해변으로 암내를 풍기며 나를 꼬여냈다고 황사장에게 퍼붓고 싶었다. 미진의 술 취한 몸을 탐했던 순간의 기억들이 어두운 빛깔로 변해갔다.

어쩌다 여기까지 흘러왔나?

성국은 모모도가 천하의 고립된 세상 끝처럼 느껴졌다. 꼼짝없이 이곳에 갇힌 것만 같았다. 주황색과 노란색, 흰색의 작은 알약을 먹고 나면 몸이 나른해지며 우울했다. 십사 일간 약을 복용하면 호전될 거라는 의사의 진단을 희망 삼아 하루 두 봉지의 약을 착실히 먹는 수밖에 없었다. 미진의 몸이 그립지는 않았다. 오후 4시가 지난 바닷물의 온도 같은 미지근함. 그것을 핥으며 단물을 찾겠다고 기를 써댔던 것만 같았다.

미진과는 자연히 거리가 생겼다. 내게 성병을 옮긴 게 너,라고 성국은 담담하게 말했다. 치유될 때까지 성관계를 금하고, 상대 여성도 병원에 가서 검사를 받아야 한다던 의사의 말을 전해주었다. 아무 말 없이 채마밭을 지나 마당을 나가는 미진의 뒤를 따라가지도 않았다.

저녁이 되면서 숲속 나무들은 거센 바람 소리를 몰고 다녔다. 바다 멀리 새우등처럼 발그스름하게 이내가 내려올 때까지 성국은 숙소 방에서 몸을 뒤척였다. 긴긴 잠 속에 빠져들고 싶었지만 쉽지 않았다. 온갖 잡념들이 어수선한 머릿속을 파고들었다.

선화에게 마지막 이메일을 받은 게 일 년 전이던가?

함부르크 외딴 바닷가 모텔에서 일하고 있다는 간단한 편지였다.

성국은 답장을 보내볼까 말까 여러 날 망설이다 그만두었다. 그토록 절절했다면 너 가는 곳에 나도 가겠다고 말했어야 했다고, 가끔 마음을 흔드는 게 후회인지 미련인지 알지 못했다. 자기 마음인데도 자기가 모르는 게 다행스럽기도 하고, 자괴감이 들기도 했다. 나도 모르겠다,로 방치하며 손에서 놓은 것들이 얼마나 많은가?

해미가 평양에서 보천으로 옮겨 와 또다시 상관들의 치부에 엮여 도망자 신세가 되었을 때도 성국은 그녀를 구할 용기를 내지 못했다. 해미가 없으면 금방이라도 숨이 막혀 죽어버릴 것 같은 상황에서도 사슬처럼 얽힌 비리를 밝혀보겠다는 엄두가 나지 않았다.

그것을 속죄하려고 해미의 남동생을 돕다가 모든 것을 잃었을 때 얼마나 해미가 원망스러웠던가? 군 복무 시절부터 입어온 정복에는 아버지와 숙부들과 할아버지의 명예가 녹아 있었다. 어찌할 수 없는 상황에 처해 고국을 나오기 전까지 그것은 목숨과도 같았다. 해미 남동생의 비리를 봐주다 탈북하지 않았더라면 훗날 보안서장도 넘볼 자리에 올랐을 것이다.

해미를 한 번 볼 수 있으려나?

남은 날들 중에 그런 날이 온다면 해미에게 말할 수 있을까? 내가 네 남동생을 보호하려고 남한 가요가 담긴 CD 몇 장 팔다 잡혀 온 이들의 죄까지 얼마나 악착스럽게 털어댔는지 아느냐고. 남동생이 빼내간 빙두를 남한으로 거래하다 붙잡혔을 때 내 이름까지는 끝까지 함구했어야 하는 것 아니냐고. 중국 공안에서 공조 수사 요청이 들어와 평양 보안국에서까지 난리가 났을 때도 성국은 모든 사실을 실토한 게 해미라는 선배의 말을 믿지 않았다.

은밀하게 중국에 파견된 특수 보안요원들에게 잡힌 남동생을 구하기 위해 수년간 뒤를 봐주며 마약 밀수를 도운 자신을 팔아넘긴 해미가 그리워 때로는 잠을 못 이룬다는 게 성국은 납득하기 어려웠다.

성국은 선화가 소라껍데기나 돌고래 모양의 돌멩이를 찾으며 느릿느릿 해변을 산책하며 살기를 바랐다. 체구가 큰 독일 남자와 바다가 보이는 유리창가에 마주 앉아 바닷가재를 먹으며 심신이 겪은 모진 세월을 꿈 한 자락처럼 훨훨 흘려보내기를……. 그것만이, 첫사랑에 까맣게 타 가슴이 잿더미가 된 사내가 베풀 수 있는 허심한 사랑이었다.

9

내내 잠을 설치다 일어난 날 아침, 성국은 주섬주섬 짐들을 챙겨 배낭에 넣었다.

본채에서 와장창 유리 깨지는 소리가 들린 것은, 동백 해변에서 들고 온 소라껍데기를 배낭에 넣을지 말지 망설인 순간이었다. 아버지한테 잘못했다고 빌라는 황 사장 아내의 울부짖음과 눈앞에서 저 괴물을 치우라는 황 사장의 고함이 들려왔다. 성국이 짐을 다 넣은 배낭을 간이 주방 싱크대 위에 올렸을 때 헛개비처럼 홀연히 집을 나가는 미진이 보였다.

성국은 돌멩이에 걸려 넘어질 뻔하고 잣나무 가지에 얼굴을 긁힐 때마다 숨을 고르며 미진과의 거리를 가늠했다. 성국이 뒤를 밟는다는 것을 알았는지 미진은 도망치듯 걸음을 빨리했다.

—웃는 고래 마지막으로 보고 죽으려고.

동백 해변으로 이어지는 숲길 초입에서 미진이 등을 돌려 성국에게 말했다.

—웃는 고래?

—동글동글 귀여운 아기 고래. 해남 임하도에서 와. 그것들도 마실을 다녀.

성국은 미진 곁으로 바싹 붙으며 헛기침을 했다. 떠날 거라는 말은 어느 시점에 해도 난감했다. 조용히 떠나기엔 이미 글렀다.

—……우리 동규가 태어난 곳이야 거기가. 어느 날 밭 한 뙈기 없이 살다 죽으며 홀아버지가 그러더래. 너는 친자식이 아니라 고아원에서 데려다 키웠다고.

푸른 바닷물이 찰싹찰싹 부딪치는 바위에 앉으며 미진이 말했다.

—우리 아버지가 동규 고아라서 싫어했어. 오늘 녀석들이 오면…….

두 무릎을 맞대고 앉아 움직이지 않던 미진이 더듬더듬 말했다.

—……마지막으로 보고 죽을 거야…….

미진이 턱을 길게 내밀어 가리키는 곳은 고래 뱃속 암석이 있는 무인도였다. 우람한 소나무 한 그루가 높이 솟아 있는 게 멀리서도 보였다. 푸른 물결이 넘실거리고 햇살이 반짝반짝 빛났다. 오래 보고 있자니 눈이 부셨다. 잔물결이 일 때마다 햇살이 희롱하듯 부딪쳐 아지랑이가 이는 듯 보였다. 해안 얕은 바닷가에 유영하며 숨을 쉴 때만 물 밖으로 모습을 드러낸다는 새끼 고래가, 멀리 바다 물길을 돌아 여기까지 온다는 게 성국은 믿기지 않았다.

—오늘 녀석들을 못 봐야 미진 씨가 하루 더 사는 겁니까?

성국은 농담하듯 말했다. 미진을 가만히 안아주고 싶은 충동이 일었지만 가라앉혔다. 언제까지 소싯적을 들먹이며 살 거냐는 질타도 묻어두었다.

해가 저물면서 바람이 찼다. 성국은 뭔가를 기다리는 초조한 눈빛으로 푸른 바다를 바라보았다. 가볍게 물살을 차고 올라와 숨을 쉬고 들어간다는, 동글동글 작은 몸을 가졌다는 고래를 보고 싶었다. 겨드랑이에 날카로운 비늘을 켜켜이 숨긴 우아한 녀석일까?

지구상 어느 동식물이든 그런 비수 하나쯤 숨겨두지 않고는 살아갈 수 없지…….

—녀석들이 동글동글 웃으면 입이 별 모양으로 벌어질 것 같습니다.

성국은 애써 밝은 목소리로 말했다. 시답잖은 말임을 모르지 않았다. 가진 것을 다 놓고 도망자 신세가 되면서부터 자신의 가슴에는 얼음보다 찬 덩어리들이 켜켜이 쌓였을 것만 같았다.

10

10월 1일에 왔으니 오늘로 딱 육십 일째라고, 내일은 모모도를 나가겠다고 아침 식탁에서 성국이 말했을 때 황 사장은 굴무침을 접시째 들어 후루룩 먹어치웠다. "안 그려도 인자 우리 양반이 늙어가니께 외국인 노동자라도 써얄 참인디 코로나 땜시 다 가뿐지고잉……." 황 사장 아내가 성국에게 전어구이를 밀어주며 말하다 황 사장의 사나운 눈빛에 입을 다물었다. 넓은 본채 어느 방에 미진이 있는지 알 수 없었다.

바다에 어선 한 척 떠 있지 않았다. 심한 비바람에 양식 어구들이 마구 흔들렸다. 길거리에 흙먼지와 깨진 홍합 껍데기가 스산하게 날아다녔다. 마을회관과 두 개의 방파제를 지났을 때 사납게 파도가 쳤다.

정말 무인도에 돌집 펜션을 지으려나?

본채 뒷마당에서 돌덩어리들을 분류하는 황 사장에게 가면서도 성국은 내일 언제, 어떻게 떠날지 결정하지 못했다.

퇴임 교수처럼 잘 지내다 간다는 편지 한 장 써놓고 조용히?

택배로 짐을 부치고 올 때처럼 가방 하나 없이 쓱 가버린 그가 끝내 하지 않은 말은 무엇이었을까?

"내가 자네처럼 젊다면 말이야……"로 시작되는 퇴임 교수의 말은 흔들리는 어선 안에서 자주 끊겼다. 뱃바닥에서 요동치는 복어와 쏨뱅이, 문어를 잡아 어장고에 넣는 것을 우선하느라 그가 잇지 못한 조언이 성국은 궁금했다. 무엇이든 당면하지 않은 상태에서는 피가 되고 살이 되지 않는다는 것을 알았기에 애써 말하지 않았을까? 아니면 스쳐가는 인연들에 대해 그는 진작에 달관했을까?

—오후에 바람 잦아들면 나랑 금당도 쪽으로 가드라고.

성국을 보자마자 황 사장이 말했다. 성국은 어이없는 표정으로 황 사장을 바라보았다. 마지막 날까지 부려먹겠다는 심보인가?

—문어 많이 나오는 곳여. 나가 꽃섬 부근에 내려줄 거잉께 혹 경비정 뜨거든 핸드폰 치랑께.

성국은 왜 경비정의 눈을 피해 통발을 건지냐고 물으려다 그만두었다. 그동안 줄이 끊어진 통발이라며 황 사장이 건져 올린 활어들이 모두 훔친 것들인가? 통발 크기와 줄부터 시작해 불법 아닌 것들이 없다고, 법이라는 게 귀에 걸면 귀걸이 코에 걸면 코걸이라는 황 사장의 말은 이해하기 힘들었다.

—유학 간 아드님에게 베푸는 사랑 반의 반만이라도 미진씨에게 베푸시면 어떻겠습니까?

성국이 작심하고 말했다. 떠날 사람이라 거침이 없었다. 미진이 마약 사범으로 이 년간의 집행유예를 받았던 것을 아느냐고, 그것이 다 아버지의 사랑 부족 때문 아니겠냐고 핏발을 날릴 준비도 되어 있었다.

—미국에 간 아들 같은 건 없어. 미진이 년이 무남독녀 외동딸여.

황 사장이 제 가슴을 꽉 채울 만큼 큰 돌덩어리를 감나무 아래로 가져가며 말했다.

—내 몸뚱어리 놀려 불어나는 것들 오지게 볼라니께 필요허드라고 고런 것이.

성국은 장독대 옆에 멍하니 서서 황 사장이 돌덩어리들로 탑을 쌓는 것을 바라보았다.

—주제넘은 참견인 줄은 알지만…….

—그랑께 그만 허드라고. 코로나가 물러가면 내 딸은 병원에 입원시킬 거여. 술 없이, 약 없이 맨정신으로 못 살믄 환자지 그랑께.

11

뒤따라오는 것을 알고 몸을 숨긴 것인가? 성국은 바위 모서리에 손바닥을 찢기며 걸음을 재촉했다. 미진은 보이는가 싶다가 금방 사라졌다.

떠난다는 말을 하려고? 바닷물이 굽이쳐 올라오는 바윗길에서 성국은 허둥거렸다. 생각해보면, 미진 때문에 모모도에서 견딜 만했고, 미진 때문에 떠나고 싶었다. 제발 나를 좀 봐달라는 미진을 보는 게 괴로워 짐가방을 들고 당목항까지 갔다가 돌아온 적도 있었다.

보름달이 뜨는 모래 해변에 앉아 타로점을 봐주겠다고 말하며 웃던 네 눈빛에서 하얀 별사탕이 품은 눈부심을 보았다고, 새삼 말해 무슨 의미가 있을까?

두 시간 넘게 해안가를 돌아 다다른 동백숲 아래 바다는 물이 빠져 드넓은 뻘밭이 펼쳐져 있었다. 멀리로 뻘밭 속으로 들어가는 미진이 보였다.

2020년 11월 30일 완도 진풍상회 출입 고객 중 코로나 밀접접촉자(현재 검사 중, 내일 결과 확인 예정)가 발생하여 안내드립니다. 어제 완도 진풍상회에 온 고객님들께서는 외부 출입을 자제하여주시기 부탁드립니다. 진풍상회는 지금 철저한 방제 작업이 진행 중입니다. 오늘 검사를 받을 내방 고객님의 코로나19 확진 여부는 내일 알려드릴 예정입니다.

돌아갈까 말까 망설이다 받은 문자 메시지였다. 어이없었다. 귀찮은 일이 생길 줄 알았다면 번호 하나쯤 엉뚱하게 썼어도 그만인 것을. 어제 오후 완도 시외버스 터미널에서 오늘 심야에 떠나는 서울행 차표를 예매했다. 항구 주변을 어슬렁거리다 모텔 한쪽에 붙은 가게에 들어간 건 진열장에 줄줄이 놓인 술병을 보고서였다. 중년 여인이 출입자 명단 장부를 내밀었을 때 성국은 모텔에 온 게 아니라며 손을 젓다가 마지못해 볼펜을 받아들었다. 값이 비싸 정작 와인은 사지 못했다.

정말 죽을 사람은 죽는다고 노래를 부르지는 않아…….

돌아서겠다는 마음과 달리 성국은 진창인 뻘 가까이 다가갔다. 미진을 봐야 모모도를 후련하게 떠날 수 있을 것 같았다. 스침에 대한 최소한의 예의 같은 것이라고, 스스로에게 속삭였다. 동글동글 작은 몸을 가졌다는 새끼 고래를 기다릴 때도 성국은 제 가슴속에 덩어리져 있는 게 뭔지 몰랐다. 그래서 바다를 빠져나오며 미진에게 시덥잖은 말만 늘어놓았다. 새끼 고래가 웃을 때 별 모양으로 입이 벌어질 것 같다는…….

지금도 알 수 없었다. 입 밖으로 나오지 못한, 가슴을 텅 막고 있는 것의 정체를. 알지 못하는 채로 성국은 면바지를 걷어올리고 운동화를 벗어 양손에 들었다. 몸에 힘을 줄수록 발이 깊이 빠졌다. 갯벌 바닥에 늪이 있는 듯 몸이 깊숙이 빠져들어갔다.

고래 뱃속 같은 거대 암석이 있는 무인도는 멀리서 봤을 때와 달리 잡목들이 자라는 바위산이었다. 무턱대고 들어선 길에서 매번 그랬듯 성국은 사방을 두리번거렸다. 키 큰 소나무 주변을 돌며 찾았는데도 미진은 보이지 않았다.

길고 넓게 팬 고래 뱃속 모양의 암석에 바닷물이 고여 있었다. 허벅지까지 달라붙은 진흙 뻘을 씻어보려고 걸어 들어가려다 성국은 멈춰섰다. 생각보다 물이 깊었다. 고래 머리 쪽의 울창한 소나무 가지가 사방으로 가지를 뻗고 있었다. 고래 혓바닥처럼 판판한 암석에 앉아 몸을 씻고 뱃속 가득 찬 물에 두 다리를 담그고 있자니 졸음이 몰려왔다. 점심에 먹은 약 탓인가? 뻘밭을 걸어가는 뒷모습의 여자가 미진이 맞나……? 잠 속으로 빠지는 순간에도 머릿속이 산란했다. 여전히 가슴을 먹먹하게 막고 있는 게 무엇인지 알 수 없었다.

이상야릇한 모양의 갯벌레들이 몸으로 올라와 기어다니는 속에서 자다깨다를 반복했다. 낮의 열기로 달궈진 바위가 따사로웠다. 협곡 사자 바위와 호랑이 바위가 눈싸움을 하면 누가 이기는지 알아? 미진의 목소리를 들은 듯했다. 꿈인지 생시인지 알 수 없었다. 눈을 떴을 때 입 안이 바싹 말라가고 있었다. 온갖 모양의 벌레들이 몸에 붙어 꿈틀거리는데도 잠이 깊고 곤했다. 어디선가 보글보글 물이 차오르는 소리가 들려왔다.

알알이 섬들이 박힌 망망대해에 붉은 햇살이 잦아들며 떨어져 내렸다. 어느 순간 자폭하듯 푹 사라지는 빛의 추락을 성국은 멍하니 바라보았다. 파랗고 맑은 물결을 가르며 하얀 드레스와 턱시도를 입은 소년 소녀가 날렵하게 헤엄치며 파도를 타고 오는 게 보였다. 꿈속의 한 장면인가? 설핏 또 잠이 들었던가? 붉은 노을 아래 꿈틀대는 바닷물 위로 몸이 둥둥 떠오르는 게 꿈은 아니었다. 몸뚱어리가 솟구치듯 물 위로 푹 떠올랐다. 물 위에 떠서 흐르는 몸이, 흐르지 않는 시간 속 어딘가를 유영하는 듯 가벼웠다.

멀리 미사 마을에서 흘러나오는 밤의 전등 불빛들은 아름다웠다. 하얗고 노랗고 붉은 빛들이 등대처럼 손짓하는 듯했다. 마당 가득 수확한 유자를 쌓아놓은 해미네 넓은 거실 창에서 흘러나오던 불빛처럼 따스했다. 멀어서 더욱 빛이 나는, 지붕 아래 불빛과의 거리를 가늠하며 성국은 몸에 단단히 기압을 넣었다. 삭주에서 해안 경비대장으로 있을 땐 튜브 없이도 위화도까지 헤엄쳐가곤 했다고, 마음을 다잡았다.

저 멀리서 하얀 불꽃이 일렁이며 다가왔다.

사적인,
너무도 사적인
침묵의 역사

제1부

1

오래 간 보고 있었네, 뭐…….

이메일로 드물게 편지만 보내며 만날 날을 미루어왔다는 남자의 이야기를 들으며 화진은 마음속 말을 삼켰다.

—요새 카톡도 있고, 왓쌉인가 뭔가도 있는데. 멋진 사람일 것 같지 않냐?

집주인 여자가 들뜬 목소리로 물었다.

—다음 주 금요일이야. 나 대신 나가야 해. 약속했다?

화진은 사과를 둥글게 돌려가며 깎다가 침상의 집주인 여자를 향해 고개를 끄덕였다. 65평 복층 아파트를 구석구석 청소하며 먼지를 뒤집어쓰는 일 대신이었다.

—나중에 내가 해명할게. 절뚝거리며 선 보러 가는 것도 꼴

사납잖아.

집주인 여자는 붕대로 감긴 오른발을 뻗어 병상의 침대가 들썩일 정도로 흔들어댔다.

—작년에 우리 사촌 이모가 전원주택 지어서 바닷가로 이사 갔어. 남자가 전복 어장을 크게 한다더라구. 사별하고 자식 둘을 혼자 키웠대. 우리 이모가 재혼 상대 소개해주겠다고 했더니 전화번호도 아니고 이메일 주소를 달라더래. 틈틈이 알아가다 짝이 되겠다 싶으면 만나보겠다고 하더라나. 벌써 일 년이 되어가네. 나야 뭐 드물게 오는 편지에 답장이나 보냈지. ……하필 내가 이 지경 되고 나니까 만나자네.

상체를 꼿꼿이 세우며 앉는 집주인 여자에게 화진은 애써 웃어 보였다. 정오가 지나서야 종합병원 신관 매점에 내려가 김밥 한 줄을 사서 빈속에 급히 먹은 탓인지 체한 듯 속이 거북했다.

—그날 내 옷 입고 나갈래?

병실 바닥 보조 의자에 앉아 여덟 조각을 낸 사과를 접시에 담는 화진의 몸을 집주인 여자가 훑어 내렸다.

—요새 입기 딱 좋아. 진분홍색 망사 원피스야. 상표도 안 뜯었어. 어차피 나는 못 입어.

집주인 여자가 뱃살을 흔들며 초콜릿이나 한라봉을 입에 넣는 것을 볼 때마다 화진은 말해주고 싶었다. 수시로 먹으면 살쪄요. 나중에 입으려고 사둔 옷들 아깝잖아요.

—내가 종로에만 마사지숍이 세 개였어. 옆에서 사우나탕도 하고. 돈 쌓이는 만큼 몸이 늙어가데. 백화점에서 옷 사들이는 것으로 허기를 풀었어. 새 옷들 볼 때마다 근심이 늘더라. 쉰다섯 먹을 때까지 늘어난 건 뱃살과 근심덩어리뿐이야. 재혼인데 신중해야지. 안 그래?

집주인 여자가 "안 그래?" 할 때마다 화진은 뭘 묻는지 몰라 어물거리다 대답을 놓쳤다. 한꺼번에 말을 쏟아내며 해대는 질문이 모호했다. 어쩌면 스스로에게 묻는 것이라는 생각이 들 때도 있었다.

—최근 소개받은 재혼 상대자들 이리저리 따져봤지. 하필 사거리 한복판에서. 사고가 순간이더라고. 파란불도 아닌데 횡단보도 건너가다 차에 치였다고 하면 누가 믿겠어?

—…….

—시장 바닥에서 고등어 한 마리 살 때도 뒤적거리잖아. 어떤 놈이 등이 푸르고 살집이 탄탄한지. 안 그래?

—…….

—일단 잡아둬야지. 깁스 풀면 내가 나가서 사정 얘기할게. 다급하니까 재치가 발동하더라. 우리가 나이도 비스무리하잖아. 교통사고 나서 허리 다쳤다고 해봐. 밤일 못하게 되는 줄 알고 다른 자리 알아볼 것 아냐. 안 그래?

무엇을 묻는지 혼란스러웠지만 화진은 어정쩡히 고개를 끄덕였다.

—이력서 보니까 70년생이던데 나도 그 언저리야. 호적 나이가 잘못되었어. 그래서 고무줄처럼 쭉쭉 늘였다 줄였다 할 수 있어. 남자 만나면 난 개띠라고 해. 70년생 개띠. 알았지, 화진 씨? 아니다 수자 씨. 그 남자 만나면 자기는 김수자야. 알았지?

간호사가 들어와 채혈하는 동안에도 집주인 여자는 입을 다물지 않았다.

—62년생 범띠라니까 나보다 다섯 살 많네. 육십이네. 우리 사촌 이모 말로는 나이보다 십 년은 젊어 보인대. 부지런하고 똑똑하다더라고. 그래서 내가 먼저 이메일 보내서 만나자고도 해봤지. 계속 튕기려다 애가 타서. 바쁜 일 좀 끝내놓고 보자는데 더 조르는 것도 우습더라구.

—…….

—특실이라 그런가? 너무 조용하니까 이상하다. 영화나 볼까? 화면이 극장만큼 크네. 죽을 병 걸려 누워 있으면 정말 우울해지겠어. 안 그래?

텔레비전 리모컨으로 넷플릭스를 열어 눌러대다 오른발을 베개에 올린 채 집주인 여자가 잠든 후에야 화진은 의자에 몸을 부렸다. 피로가 몰려 침침한 눈으로 본 부재중 전화는 원철의 누나에게 온 것이다.

시어머니보다 매서웠던 시누이. 그녀가 코로나19가 터지기 직전 탈북해 대한민국에 왔다는 국정원 조사과 직원의 전화를 받았을 때 화진은 반갑지 않았다. 하나원을 나와 경기도 양주에 집을 받은 그녀는 툭하면 전화를 걸어와 '사람을 찾습니다'에 나가 원철을 찾아보자고 종용했다.

유리창 밖 나무들은 사월의 푸른 잎들을 달고 넘실거렸다. 화진은 잎사귀들 사이로 햇살이 사위는 것을 바라보다 벽에 붙은 텔레비전 화면 속으로 무심히 시선을 돌렸다. 아몬드 나무 농원 한가운데를 이국의 노인 부부가 거닐고 있었다. 실제 인물들의 삶을 그대로 보여주는 다큐멘터리 영화는, 근방의 숲에서 바람 소리가 들린다는 것까지 한글 자막으로 표기되었다. 푸짐하게 살이 찐 남편 아우구스트와 아내 나티가 뒤뚱뒤뚱 걸으며 주고받는 대화는 그들의 걸음걸이만큼이나 느리게 흘러갔다.

—(아우구스트) 새는 혼자 날지 않아. 짝을 데리고 다니지.

—(나티) 그래야지.

삐삐삐삐 새 우는 소리.

—(아우구스트) 새는 번식을 해야 하는데 혼자 다니면 번식을 못 하잖아. 그럼 다 놓치게 돼. 그게 사는 맛인데.

—(나티) 한 마리 소리만 들리는데?

2

—원하는 맛 골라보세요. 통째로 다 드릴 수도 있습니다.

주차장에 세워둔 차 안에서 들고 나온 껌 통 뚜껑을 열며 남자가 웃었다. 화진은 남자의 손바닥에서 복숭아맛 껌을 집었다. 크림색 면바지에 푸른색 티셔츠를 입은 남자는 오래 바닷가에서 산 사람 같지 않게 말쑥했다. 평창동 롯데캐슬 정문에서 만나 남자의 차를 타고 산중턱의 레스토랑으로 오는 삼십여 분 동안 남자는 화진에게 부드럽고 은근한 눈빛을 보냈다. 십 년 전에 아버지의 바닷일을 물려받겠다고 고향으로 내려간 후 서울은 오랜만에 왔다고 했다.

—당신 어머니가 반대해도 당신은 나와 떠나야 해~

레스토랑 정원의 돌 의자에 앉아 새 울음소리를 듣고 있자니 화진의 입에서 절로 화음이 흘러나왔다. 남자가 웃음을 머금고 바라보았다.

—아휴 미안해요, 오랜만에 술을 마시다 보니…….

화진이 얼굴을 붉혔다.

—더 불러보세요.

—아휴 그게 나도 모르게…….

—목소리가 참 곱습니다. 더 불러보세요.

남자가 채근하듯 바라보았다.

—늙은 부부가 아몬드를 까며 부르더라고요. 정원에서요.

영화 속 정원에 지금 이곳처럼 키 큰 나무들이 많았다고 말하며 화진은 사방 멀리로 둘러 있는 산의 능선을 바라보았다. 집주인 여자 행세를 하는 게 들통나지 않으려면 말을 아껴야 했다. 남자가 여전히 노래를 기다리는 눈빛으로 바라보고 있어 화진은 기억을 더듬어 가사를 떠올렸다.

—너의 창문 아래 꿀단지를 숨겨뒀어~ 비밀로 해주면 조금 먹어도 돼~

이제는 목이 가서 매가리가 없다고, 가사가 가물가물하다고 남편 아우구스트가 코를 훌쩍이며 부르는 노래를 아내 나티가 이어받아 부르던 가을빛 가득한 영화 속 정원이 떠올랐다.

—영화 좋아하시나봅니다?

남자가 은근한 목소리로 물었다.

—우연히요. 그저 우연히…… 저는 어디 붙어 있는지도 모르는 먼 나라 영화예요. 스페인 남부라나…….

집주인을 간호하며 병상 침대 아래 쭈그리고 앉아 영화를 봤다고 말할 수는 없었다. 늙은 아내에게 수영복을 입어보라고 조르던 남편과 농원 근처 계곡 위를 가볍게 뛰놀던 노루와 사슴들이 떠올라 화진은 절로 환하게 웃었다.

—아름답습니다.

목소리도 곱고 얼굴도 곱다고 말하는 남자의 머리 위로 아지랑이가 날아다녔다. 우람한 나무들 아래 항아리와 돌절구 등이 버려진 듯 놓인 정원 한쪽에서는 분수가 퐁퐁퐁 솟았다. 색색의 꽃들로 곳곳이 화려해 화진은 구름 위에 앉은 듯 마음이 들떴다.

—곧 여름 오겠습니다. 어느 순간부터 세월이 마구 달음질을 합니다.

야외 주차장의 포르쉐 운전석에 앉으며 남자가 말했다.

하루쯤 이런 호사 누려도 되지. 김수자로든 정화진으로든……. 부드럽게 핸들을 돌려 레스토랑 건물을 빠져나오는 남자의 옆에서 화진은 생각했다. 양옆으로 산을 낀 숲길 철제 울타리에 빨간 장미 봉오리가 솟아올라 있었다. 이차선 도로를 구불구불 돌아 숲길을 지나는 동안 깜북 잠이 들었던가? 어느 순간 화진은 흑 놀라며 상체를 곧추세웠다.

—졸리면 눈 붙이고 한숨 주무세요.

화진을 바라보며 남자가 부드럽게 말했다.

—오늘 일찍 일어났더니 졸립네요. 긴장했어요. 차려입고 나오느라.

자기도 모르게 솔직하게 말해버리고 나서 화진은 조금 웃었다. 집주인 여자의 옷을 입고 나오려면 평창동에 들러야 해서 아침 7시에 집을 나섰다. 이런 일까지 시키는 집주인 여자가 조금 원망스러웠지만 이내 마음을 돌렸다. 매달 꼬박꼬박 월급을 주고, 특별한 일을 시켰을 때는 알아서 보너스도 준다는 것을 상기하며.

남자가 숄더 박스를 열고 캔 커피를 꺼내주었다. 화진은 남자가 이물 없게 느껴졌지만 몸놀림이 자유롭지는 않았다. 종아리까지 내려오는 집주인 여자의 66 사이즈 원피스가 허리에 꽉 끼었다. 남자가 사준, 양갈비 구이가 메인인 코스 요리의 일인 가격이 이십만 원인 것을 보고 한 점도 남기지 않고 다 비운 게 후회되었다. 붉은 포도주를 곁들여 먹은 음식의 맛은 기억나지 않았다. 삼십만 원이나 하는 포도주를 시키는 남자를 보며 절로 올라오려는 '너무 무리하시는 것은 아닌지……'를 누르느라 애를 먹었다.

—오늘 제가 기분이 아주 좋습니다. 이메일 편지 읽을 때의 느낌과는 좀 다릅니다. 저는 수자 씨가 조금은 걸걸할 거라고 여겼습니다. ……목소리도 조근조근 하시고…….

남자가 운전대를 돌리다 가끔씩 고개를 돌려 흡족한 표정으로 화진을 바라보았다. 서울 도심에 숲길과 숲길로 이어지는 드라이브 코스가 있다는 것을 화진은 처음 알았다. 산 하나를 넘어 차량이 많은 시내로 빠져나왔을 때 사찰에 가보지 않겠느냐고 남자가 물었다. 또다시 숲길로 접어들어 우이동까지 오는 동안 화진은 졸지 않으려고 자주 입술을 물었다.

—피곤하면 좀 쉬었다 갈래요?

서울에 이리 좋은 산이 있는지 몰랐다고, 새 울음소리와 신록과 개울물 흘러가는 소리에 취해 화진이 말했을 때 주위를 둘러보다 남자의 시선이 멈춘 곳은 모텔이었다. '대실 5만 원, 숙박 12만 원'이 쓰인 현수막이 비닐 막으로 가린 주차장 입구에 걸려 있었다.

남자가 모텔에 가자는 뜻을 비쳤는지 확실하지 않았지만 화진은 피돌기가 빨라진 가슴을 진정시켜야 했다. 이럴 때 집주인 여자라면 어떻게 했을까? 머릿속이 어지러웠다. 집주인 여자는 내일 허리 CT 촬영이 잡혀 있었다. 병원을 나오게 되면 그녀가 알아서 판단할 문제였다. 어느 시점에 남자에게 그간의 피치 못할 사정을 말할지 화진은 알지 못했다.

—다음에요. ……아휴 그러니까 다음에…….

화진은 제 입에서 나오는 말의 진위를 스스로도 알 수 없었다. 다음에? 다음이라니? 훅 놀라 남자의 눈길을 따라간 파라다이스 모텔 간판에서 시선을 돌렸다. 제안인지 유혹인지 모를 애매한 웃음을 남자는 오래 머금고 있었다.

이혼하고 칠 년을 혼자 산 집주인 여자와 사별하고 십 년을 자식만 키우며 살았다는 남자가 만나 모텔에 들지 못할 이유가 없지…….

남자에게 언제 다 벗은 아랫도리를 보여줄지를 잘 결정하는 게 현명한 여자라고 주장하는 집주인이라면 어떤 선택을 할지 알 수 없었다. 하루 여행을 온 캠핑장의 이웃에게 베푸는 친절 이상도 이하도 아니라고, 남자들의 호의를 못 박는 데 화진은 이력이 나 있었다. 친절을 베푼 이후에 얼음 든 수통 던지듯 툭, 속셈을 드러내는 사내들을 수차 겪었다.

남자가 파라다이스 모텔에서 멀찍이 떨어진 공터에 차를 세웠을 때 화진은 남자를 앞질러 모텔 반대 방향의 숲길 쪽으로 걸음을 옮겼다.

—조금만 더 올라가면 작은 암자가 있습니다. 오래전에 나이 든 스님이 계셨는데. 얼굴만 봐도 밥을 먹었는지 안 먹었는지 안다며 표주박에 밥 비벼줬습니다. 지금도 계시나 모르겠습니다.

숲 향기가 점점 짙어지는 산길로 접어들며 남자가 말했다. 남자와 나란히 걷기에 넓지도, 좁지도 않은 오솔길에서 화진은 배를 집어넣었다. 키 큰 소나무에 몸이 닿을 때마다 뻗어나온 가지에서 묵은 솔가리가 떨어져 망사 원피스에 달라붙었다.

뿌리가 반쯤 뽑힌 채 기울어져 있는 소나무 아래 새순이 자라고 있었다. 근방에서 씨가 날아와 퍼진 것인가? 화진은 팔을 쭉 뻗어 오른손을 나무 둥치 밑으로 밀어넣었다. 담배 한 대만 피우고 오겠다던 남자는 울창한 숲속으로 들어가 보이지 않았다. 가느다란 나무에 뻗은 푸른 줄기마다 참새 혓바닥 같은 초록 잎들이 촘촘히 붙어 있었다. 가만히 만져보니 고무처럼 단단했다. 엄지와 검지에 힘을 주어 나무의 밑동을 들어올렸다. 보기보다 뿌리가 깊은지 뽑아지지 않았다.

화진은 남자가 걸어간 방향의 오솔길 너머를 살피다가 쓰러져 누운 소나무 잔가지를 잘랐다. 한 번에 꺾이지 않아 불끈 힘을 줬을 때 소나무 둥치에 붙어 있던 나방들이 우수수 떨어져 손등을 덮었다. 비틀어 꺾은 소나무 생가지는 흙을 파낼 만큼 충분히 날카로웠다. 뾰족한 부분을 흙 속에 찔러 마른 땅을 파헤쳤다. 질기게 버티며 나오지 않는 나무뿌리를 힘껏 뽑아 드는 순간 온몸의 열기가 얼굴로 솟구쳤다. 그 순간 뭔가 와서 문 듯 뒷목이 따끔거렸다.

화진은 자잘한 흙덩어리가 달린 가느다란 나무를 뿌리째 손수건에 감싸 악어 핸드백에 넣고 몸을 돌렸다.

3

—집에서 열 그루 넘는 나무들을 키우고 있다고 했더니…….

—했더니?

집주인 여자가 채근하듯 물었다.

—그러니까 존경스러운 눈빛으로 오래…….

—존경스러운?

—네. 대단하다면서…….

화진은 고개를 끄덕였다.

—한 그루도 아니고 열 그루 넘게 나무를, 그것도 아파트 살면서 키우는 사람과 함께 있는 게 행복하다고.

—행복하다고?

—네. 행복하겠다고도 말했어요.

화진은 힘주어 말했다. 65평 아파트 곳곳에 나무와 화초를 키우는 집주인 여자가 참 행복하겠다 싶었다. 가사도우미 면접을 보러 간 날, 집주인 여자는 미니 정원으로 만든 발코니를 보여주며 말했다. 내 배 채우는 것보다 이것들 물 먼저 줘야 내 속이 편해요. 가사도우미 일주일에 두 번만 써도 되는데 이것들 때문에 사 일이나 불러. 내 말 알아들어요?

—또 언제 만나자는 말 없었고?

화진은 선뜻 대답하지 못했다. 남자가 또 보자고 했지만 형식적인 말일 수도 있었다. 대신 나가달라고 했지 다음 약속까지 받아내라는 요구까지 하지는 않았잖아? 만약 집주인이 미리 요구했다면 어떻게든 다음 약속을 성사시킬 전략을 세웠을까?

—전화 다시 하겠지?

집주인 여자가 물었을 때 화진은 애매하게 고개를 끄덕였다. 평창동 롯데캐슬 정문 앞에 내려주며 그가 헤어지기 아쉬운 눈빛으로 오래 바라봤었다.

—여기 있을 게 아니라 집에 가서 나무들 좀 보고 와.

—……지금요?

—나무 보고 싶다고 하면 집에 초대해야 하지 않겠어?

화진은 집주인 여자를 바라보았다. 혼자서 너무 앞서가고 있는 것 같다는 말은 할 수 없었다.

—미남이야? 점잖고 예의 바르단 말이지?

화진은 고개를 가만가만 끄덕였다. 말이 많은 사람은 아니었다. 듬직하고 말쑥하고, 몸가짐이나 어투에 부드러움이 있었다. 그래서 커피를 마시면서도 달그락 소리가 나지 않게 하려고 화진은 손에 힘을 주었다.

—옷이 예쁘다고 했어요. 그래서 하마터면 옷장에 원피스가 꽉 찼다고 말할 뻔했어요.

모텔에 들어가자는 눈빛을 보냈다는 말은 할 수 없었다. 벌레에 물렸는지 목이 가렵다며 화진이 먼저 집에 가야겠다고 하지 않았다면 숲길을 걸어나와 눈빛이 아니라 입을 열어 모텔에 들어가자고 했을지 몰랐다.

—내가 병원 나가기 전에 떡 해서 돌릴까 해. 흑임자랑 쑥떡 해서 특실 병동 간호사랑 의사들에게 돌리려고. 어때? 내 담당 의사 말야. 유머도 있다. 머리를 조금만 더 기르면 자기 이모가 좋아하는 배우 닮았대, 내가. 누구더라? 기억이 안 나네. 내가 목주름 가리려고 다섯 줄 진주 목걸이 하고 있는 것도 모르고

자꾸 벗으래.

집주인 여자가 신이 나서 떠드는 속에서 화진은 목덜미를 긁었다. 간밤 내내 가려워 잠을 설쳤다. 콜린성 두드러기라던가? 갑자기 온도가 올라가거나 감정 변화 폭이 클 때 몸이 보내는 이상 반응이라고 했다. 심신이 피로할 때 나타나는 증상이라며 의사가 처방해준 약을 먹어서인지 몹시 졸렸다.

—좋은 사람 같아요.

떡보다 더 좋은 게 있을지 고심하는 집주인 여자에게 화진은 말했다. 남자가 오늘 아침 벌레 물린 곳은 괜찮냐고, 잠을 깰까 봐 문자로 먼저 묻는다는 메시지를 보내왔다.

4

집주인 여자의 지시로 병원 밖에서 아보카도와 터키산 체리 박스를 사 오느라 화진은 땀을 흠뻑 쏟았다. 오후 들면서 가려움이 심해졌다. 가슴골을 타고 배꼽 주변까지 퍼진 붉은 발진은 긁어댈수록 번져나갔다.

—내가 왜 교통사고 난 줄 알아? 가만히 생각이라는 것을 해봤거든.

자는 줄 알았던 집주인 여자가 물었을 때 화진은 보조 의자에 앉아 텔레비전을 보고 있었다. 지난번에 보다 말다 한, 스페인 산악 지역에서 사십칠 년을 부부로 살아온 나티와 아우구스트가 나오는 영화였다. 운전면허를 갱신하러 갔다가 시력도 나빠지고 청력도 떨어졌다는 이유로 통과하지 못하고 돌아온 남편 아우구스트가 해변으로 여행을 가자고 아내에게 제안하고 있었다.

—돈 많고 자식 많은 사업가와 딸 하나 있는 중학교 교감에게 선이 들어왔거든.

화진은 텔레비전 화면 속으로 가려는 시선을 집주인 여자 쪽으로 돌렸다.

—내가 말이지…… 이 김수자가…….

집주인 여자는 뭔가 말을 할 듯 말 듯 입술을 깨물더니 이내 곤혹스런 표정을 지었다.

—원하면 둘 다 소개시켜줄 수도 있다고 선배 언니가 말하는데, 한 명만 보겠다고 마음먹었지. 상큼하게.

—…….

—누굴 고를지 두 사람 놓고 저울질하다가 불도 안 바뀌었는데 횡단보도 건너가다 차에 치였다니까. ……자기가 생각해도 한심하지?

화진은 자기도 모르게 고개를 흔들다가 화들짝 놀랐다.

—아니, 그러니까 그런 뜻이 아니고…….

화진은 해명을 하려고 후다닥 자세를 고쳐 앉았다.

—애도 아니고 누가 빨간불에 건너? 나 바보 맞아.

집주인 여자가 발을 주물러달라며 몸을 쭉 뻗고 누웠다. 화진은 보조 의자를 끌어당겨 침대가로 바싹 당겨 앉았다.

당신 어머니가 반대해도 당신은 나와 떠나야 해~ 너의 창문 아래 꿀단지를 숨겨뒀어~ 비밀로 해주면 조금 먹어도 돼~

화진은 둥실 부어오른 집주인 여자의 발등을 주무르며 나티가 아몬드 열매를 까며 정원 나무 그늘 아래서 부르던 노래 가사를 가만가만 되뇌었다. 우이동에서 평창동으로 돌아오는 차 속에서 남자가 당장 병원에 함께 가자며 근심스럽게 바라보던 눈빛이 떠올랐다. 그 정도로 심각하지는 않다고, 집에 가서 씻고 소독 연고를 바르면 된다고 화진이 말하는데도 한 번 봐주겠다며 운전하다 말고 뒷목을 살피러 바싹 다가온 남자의 숨결이 뜨거웠다.

—근데 이상해. 정말 그때 횡단보도에서 걸어오더라니까. 꿈속에서 자주 보는 남자였어.

—…….

—계속 어서 오라는 듯한 눈빛으로 나를…….

—…….

—그러다 순식간에 사라졌어, 내가 차에 치일 때도 눈앞에 있었나? 아니다. 내가 헛것을 봤다 싶어서 우뚝 멈춰서기 전에

사라졌지 아마. 그러다 꽝, 차가 달려왔고. 나 혼자 서 있고 차들이 멈추지 않더라고. 그래서 다시 뒤돌아가야 하나 어쩌나 망설이는데 검은 차가 그만……. 아휴 끔찍해. 내가 생각해도 미쳤어.

집주인 여자는 머리를 절레절레 흔들었다.

—화진 씨! 정말 이상하지 그치?

화진은 가만가만 고개를 끄덕여주었다.

—그래 이상해. 내 말을 누가 믿겠어? 뭐에 단단히 홀리지 않고서야…….

올해 교통사고로 부상을 당한다는 말은 어디서도 들은 적 없다고, 새로운 점집을 알아봐야겠다고 중얼대는 집주인 여자를 보며 화진은 텔레비전 화면으로 향하려는 시선을 막았다.

집주인 여자가 베개에 두 발을 올린 채 잠든 다음에야 화진은 텔레비전 리모컨을 들었다. 앞으로 되감기를 하려고 침침한 눈을 끔벅이다 음량을 좀 더 높였다.

—(나티) 파도가 들어오고 있어. 엄청나게 큰 파도네. 무서워라. 이게 마르체니카에 있다면 어떻겠어?

—(아우구스트) 이건 완만한 거야.

—(나티) 이렇게 물결이 큰데?

—(아우구스트) 파도가 오긴 하지만 선을 넘진 않잖아. 만조 수위

선 안쪽에서만 놀아.

갈매기 울음소리가 요란하고, 누구나 왁자지껄 노는 모래 해변에 경쾌한 음악이 흘렀다. 지팡이를 짚은 아우구스트가 잔뜩 겁을 먹은 아내 나티에게 손을 잡아줄 테니 함께 물놀이를 하고 오자고 회유하는 여름 바다 위로 한글 자막의 노래 가사가 떠다녔다.

~~~나의 가엾은 작은 새~~~ 바다 위를 날고 있네~~~

5

평창동으로 가는 110번 버스 안에서 남자의 전화를 받았을 때 화진은 얼른 응대할 수가 없었다. 천장에 매달린 손잡이를 잡고 서서 하는 통화가 쉽지 않았다. 집주인 여자가 병원에 오기 전에 집에 들러 나무들 물부터 주라고 새벽부터 전화를 해왔다. 출근 시간대라 버스는 가다 서다를 반복했다. 남자는 지자체와 협력해서 벌이는 전복 양식 특강이 있어 문화회관에 가는 중이라고 했다. 남자가 조만간 서울에 오겠다고 말했을 때, 화진은 마스크를 쓴 사람들 속에서 이리저리 밀리다가 버스에서 휩쓸려 내렸다. 두 정거장이나 앞서 내린 터라 차가 오는 방
~~~

향으로 내려가 횡단보도를 건너야 했다. 한숨이 새어나왔다. 대타로 나가 차 한 잔 마시고 오면 되겠지, 했던 게 일이 너무 커졌다.

여기 아직도 있었네…….

화진은 문 닫힌 화원 앞으로 끌리듯 다가갔다. 천오백 원짜리 포트 화분 하나를 팔면서 꽤나 진지하게 열변을 토하던 노인이 떠올랐다.

그 많던 쥐구멍들이 다 어디로 갔는지 알아? 북에서 너 같은 년들이 내려와 살면서 다 없어졌을 거야.

옷들을 찢어발기며 욕을 해대는 시누이를 남편이 말려주기를 바랐다. 두만강이 어디 있는지, 압록강이 어디 있는지, 삼팔선이 생기면서 어쩔 수 없이 북녘땅에서 살아온 한민족이 있다는 것에 관심두지 않으며 사십여 년을 산 남한에서의 첫 남편. 그와의 인연은 전치 10주의 진단서로 끝을 맺었다. 한국에 오자마자 중국에 두고 온 딸을 데려오려고 정부에서 받은 임대 아파트 보증금까지 날리고 나서 그가 떠올랐다. 첫 만남에서 어딘지 미덥지 못해 수차 전화를 따돌렸기에 가게 주소가 박힌 명함을 찾아들고 직접 찾아갔다. 선한 사람이라는 믿음이 있어서였다.

2층에서 신혼살림을 했던 조명 가게 건물은 전자제품 대리점으로 바뀌어 있었다.

휘황한 크리스털 등과 알전구들이 빛났던 밤들, 그 속에 별사탕 모양의 붉은 꽃이 붙인 듯 달린 혓바닥 선인장이 있었다.

가벼운 지갑을 털어서 샀던 선인장을 2층 창가에서 던진 게 누구였을까?

화진은, 혓바닥 선인장이 마른 흙덩어리째 뒹굴던 회색 보도블록 위를 걸어 횡단보도 앞에 섰다. 그처럼 까마득히 잊고 살 수 있는가? 제 몸을 거쳐간 사내들을 기억해 좋을 게 뭐 있다고? 그 속에서 새끼라도 하나 생겼으면 백지장처럼 새하얀 공백은 아니겠지……. 간소하게나마 결혼식을 올리고 이 년 가까이 살았던 시절이 전생의 기억보다 멀었다.

재건축이 미뤄져 수년을 싼 월세로 살았던 트럭 기사의 원룸에 또 몸만 들어가 살게 되면서야 화진은 알았다. 선택이 아니라 상황에 밀려 새 발판이 펼쳐지기도 한다는 것을. 그렇게 만들어진 판에 얼마나 많은 합리화를 해야 그 생을 굴릴 수 있는지도.

일주일에 세 번은 순댓국밥을 먹으러 왔던 트럭 기사와 진흙탕을 굴렀던 시절, 시시로 뜨거워지는 몸뚱어리의 욕망만 있지는 않았다. 유리창가에서 색색의 화초들이 향기를 뿜을 때 사차선 도로에서 올라오는 왁자한 소음들 속으로 질기고 긴 신음을 내질렀던 몇몇 달이 맹세코 사랑이라고 느낀 순간도 있었다.

남편이 죽이네 살리네 하며 병원을 들락거릴 때만 해도 트럭 기사는 긴장을 놓지 않았다. 남편에게 맞아 욱신거리는 전신에 파스를 발라주며 사랑한다,고 속삭였다. 이불을 들춰 멍 자국으로 시퍼런 몸을 주무르는 그의 손이 뜨거웠다. 젖먹이 때 북에 두고 온 아들과 중국의 딸을 데려와 잘 키우자는 그의 언약이 있어 화진은 새 삶에 희망을 걸었다. 창가에 노란 꽃을 피우며 살 수 있다는 믿음이 있었다. 마흔다섯에 트럭 기사의 딸을 낳은 건 단단한 끈 하나를 남기고 싶어서였다.

무지개 지나간 자리 같은 거야…….

한때 사랑이라는 것을 했다면 그렇게 희미한 자국만이 남는 것이라고, 화진은 평창동 롯데캐슬을 향해 걸음을 서두르며 생각했다.

6

—최근에 산이나 바닷가 캠핑장 같은 데 다녀왔어요?

팔뚝에도 벌겋게 번진 발진들을 보며 의사가 자신 있게 물었다.

—어떻게 아셨어요?

화진은 화들짝 놀랐다.

—매미나방이 주범이에요.

—매미나방……?

—독이 없는 나방 가루도 피부에 닿으면 염증을 일으켜요. 벌처럼 직접 쏘지는 않지만 가루가 피부에 파고들어……. 오늘 주사 두 대 놓아드릴게요.

화진은 죽은 소나무 둥치에 다닥다닥 붙어 있던 매미나방을 떠올렸다. 죽은 듯 엎드려 있다가 소나무 가지를 꺾을 때 분가루를 우수수 날리던 기억에 새삼 몸서리를 쳤다. 나무를 다 뽑았을 때 목덜미로 예리한 통증이 지나갔었다.

—새끼 나무가 자꾸 눈길을 끌어서 식탁에 꽂으려고 뽑다가…….

말을 하면서야 화진은 악착같이 뽑아 남자가 숲에서 나오기 전에 핸드백에 넣었던 나무에 생각이 미쳤다.

—나방이나 나비의 날개에는 인분이라는 가루가 있어요. 노란색이면 노랑나비, 하얀색이면 흰나비죠. 동족을 구별하거나 암수를 식별하는 기능도 해요. 발향린이라는 털 모양의 특수 비늘을 가진 나비는 이성을 유혹하는 용도로도…….

대각선으로 앉은 의사가 처방전을 쓰는 동안 화진은 무릎에 얹어둔 핸드백을 열어보았다. 팩트, 립스틱, 장지갑, 선글라스가 든 핸드백 속에서 나무가 눌린 채 바싹 말라 있었다. 실 같은 뿌리에 자잘한 흙덩이를 매단 채였다.

—날개를 보호하는 일도 하지요. 방수 기능 같은 것인데, 이

것이 없다면 나방이나 나비는 비에 흠뻑 젖어 죽을 수도 있겠지요?

—죽어요?

화진이 블라우스 소매를 올리고 팔뚝을 박박 긁어대다가 깜짝 놀라 물었다. 벌겋게 돋은 우둘투둘한 발진들을 긁은 부위가 몹시 가려웠다. 자기도 모르게 손이 올라갔다.

—워낙 미세한 입자이기 때문에 사람 눈에 들어가면 각막을 손상시켜 실명이 될 수 있다는 연구 논문도 있지만 그건 독나방 가루가 눈에 들어갔을 경우고요. ……자꾸 그렇게 긁어대면 온몸에 번질 수도 있어요.

의사가 화진을 보며 미간을 찌푸렸다.

—종합병원 가서 돈 펑펑 써대는 사람 많아요. 알레르기 반응 찾는다고. 열에 아홉은 산에 들어가 나방 가루 묻혔거나 독한 벌레 물린 경우입니다. 이 주분 약 다 드시고 낫지 않거든 다시 오세요. 흰색 튜브에 든 약은 긁어서 상처 난 곳에 바르시고요.

—남편이 화분에 뭘 키우는 것을 좋아해서요. 예전에요.

화진은 의사가 묻지도 않은 말을 변명처럼 해댔다. 동네 병원에 가서 받아온 약을 효과가 없는데도 먹고 있었던 게 미련스러웠다. 파릇파릇한 나무를 물병에 꽂아 남편에게 보이고 싶었던 순간의 열망이 어이없게 느껴졌다. 불륜이 명백한 정사를 나눴던 녹번역 부근의 원룸이 떠오르며 순간적으로 손이 뻗어

나갔다. 수선화, 애니시다, 박하꽃이 자라는 화분들이 있던 유리창가로 눈이 부시게 쏟아지던 햇살이 떠올라 충동을 억제할 수 없었다.

사랑이라는 이름으로 남편의 등골을 빼먹을 만큼 빼먹었다. 작은 연립이라도 사겠다고 모은 돈을 아내의 자식을 데려오려고 내놓았다가 사기까지 당하지 않았다면 남편이 스스로도 통제 못하는 폭언을 일삼지는 않았겠지. 사랑하는 아내의 자식들을 대한민국에 데려오느라 고생하며 살았다는 긍지를 남편은 언제 내려놓았을까? 남편이 어느 때 주체를 못하고 어린 딸의 등짝을 불이 나게 때려야 분노를 삭이는지 화진은 알지 못했다. 안다고 해도 막을 수는 없었다. 오십이 넘어 월세 걱정을 해야 하고, 유일한 돈벌이 수단인 트럭은 점점 낡아가고, 성이 다른 아내의 두 자식들 아버지 노릇까지 해야 하는 억울함과 황당함이 남편도 모르게 숨어 있는 악마를 불러내는 것인가?

어쩌면 남편도 착각을 한 게 아닐까? 늦은 밤 한 무더기 짐을 부려놓고 걸레처럼 후줄근해진 몸을 빵빵하게 채워줄 성욕을 자유롭게 푸는 게 사랑이라고.

오늘 아침에도 화진은, 계약금도 안 내고 이사 비용을 오만 원이나 깎은 고객에게 남편이 해대는 쌍욕을 들으며 김치찌개를 끓였다. 고객에게가 아니라 눈곱을 단 채로 밥을 해주는 아내에게 해대는 욕일지도 모른다고 생각하자 두부를 자르는 칼자루에 힘이 들어갔다.

창자를 빼서 땡볕에 말려 죽이고 싶은 년, 쇠꼬챙이에 아흔 아홉 번을 꿰어 불구덩이에 넣어 죽일 년, 알몸으로 얼음구덩이에 처박아 도리를 쳐댈 년…….

짐이 많으니 기본 단가에 가산금도 붙여달라는 남편의 요구를 묵살한 염치없는 이가 누군지 몰라도 화진은 술 취한 남편의 입에서 욕설이 흘러나올 때마다 몸을 움츠렸다. 남편이 알몸을 쇠꼬챙이에 꿰어 땡볕에 말리고, 얼음구덩이에 처박고 도리를 쳐대고 싶은 게 자신일 것만 같았다.

누구의 씨인지 모를 아들과 딸을 데려와 키우며 가장이라는 무게를 지운 아내를 죽일 방법을 남편은 하루에도 수차 고안하는 게 아닐까?

—아프지 않았으면 좋겠어요.

화진은 주사실로 옮겨 시폰 블라우스 소매를 둘둘 말아 어깨로 올리며 말했다. 말하는 순간에도 지나친 엄살이라는 생각이 들었다.

화진은 병원을 나와 핸드백 속에서 납작 눌리고 말라비틀어진 나무를 꺼내 복도 한쪽 쓰레기통 속에 미련없이 던졌다.

7

남동생을 찾습니다.

남동생 이름: 김원철(함경북도 회령, 1968년생)

김원철 아내 이름: 정명화(1970년생. 황해북도 평산. 중국 이름 진밍화. 대한민국 입국 후 개명한 이름 정화진)

김원철의 아들 이름: 김우철(1997년생, 한국 입국 후 개명한 이름 김기현)

—니 중국 이름 이거이 맞지?

검은 매직펜으로 줄줄이 쓴 글자들을 읽어보라고 사절 마분지를 내밀며 시누이가 물었다.

—남조선에 흩어진 가족들 찾는 방송 있는 거 알고도 어째 원철이 아니 찾니?

—살았으면 진작에 소식이 왔겠지요.

화진은 냉정하게 말했다.

—새끼 까고 산 정이야 남다르지 않간? 너 남조선 물 오래 먹어 아주 못 쓰게 됐다야.

시누이가 차갑게 말했다.

—우리 우철이 잘 있니?

—기현이요. 우철이는 남한 오기 전 이름이고요.

화진은 날카롭게 말했다.

—우리 원철이 찾아는 봐야 하지 않니? 명화 너는 우리 원철이가 죽었다고 생각하니? 나는 내 핏줄 찾으러 여 왔다.

—우리 기현이 데리고 있어서 꼬박꼬박 돈 보내주니 내가 잘살고 있다고 착각하시나본데…….

화진은, 남한에서 브로커를 보내 기현을 데려오려고 했을 때 중간에서 돈만 챙긴 시누이가 원망스러웠다. 방구석에 오 년을 누워 지낸 남편 간호비로 시누이가 그 돈을 썼다는 것을 나중에야 알았다.

—우철이가 남조선에 아니 가겠다 하니 난들 어찌 하갔니?

—남한에서는 몸만 꼼지락거리면 다 돈을 번다고 알고 있었겠지요.

—니 전화번호 쓰기 꺼려지면 우철이 번호 불러봐라. 우리 원철이가 진작에 남조선으로 와 살고 있을지 누가 아니? 원철이 아는 사람이 나온다면 연락처가 있어야 전화하지 않갔니?

화진은 시누이와 오래 실갱이할 시간이 없었다. 오후 3시에 집주인 여자의 유방 CT 촬영이 잡혀 있었다. 서둘지 않으면 택시를 타야 했다. 지하철역을 오가는 마을버스는 하루에 여섯 번밖에 운행되지 않았다.

—남편 죽고 내 혼자 남아 어찌 사니? 우철이를 자식처럼 키

웠는데 니가 데려 안 갔니? 내가 잘 왔지 뭐. 코로나인지 뭔지 터져 남조선 오는 길이 막히기 직전에 운 좋았지.

기현을 남한에 데려온 이듬해에 시누이가 왔다는 국정원의 전화를 받았을 때 화진은 베란다에서 화분에 거름을 주고 있었다. 계란 껍질을 갈고 멸치와 양파껍질 우린 물을 섞어 분사하다가 받은 터라 집주인 여자의 눈치를 봐야 했다. 시누이는 국정원 조사과 직원이 바꿔줬을 전화 통화를 하는 내내 눈물 바람이었다. 오십 년 넘게 산 고향 뜨는 게 쉽지 않았다고, 강 넘으려고 집 판 돈을 브로커에게 다 건네고는 잠을 못 잤다고. 그래도 남편마저 죽어 핏줄 찾아 남조선 왔다고, 작심하고 강 넘기 전날 밤 꿈에 원철이가 보였다고…….

화진은 멀리서 온 사람에게 물 한 잔 내주지도 않고 제 말만 하는 시누이가 야속했다. 작년 겨울에 냉해를 입은 야자수들 목대를 추려 산 것과 죽은 것을 가리는 농원의 아르바이트를 해야 하는 시누이를 만나러 오는 게 달갑지 않았다. 그러나 시누이가 기현이도 볼 겸 집에 오겠다고 할까봐 먼 걸음을 자청했다. 남편에게, 첫 남편의 누나라며 시누이를 소개하는 상황을 만들고 싶지 않았다.

—너 중국 가서 우리 원철이 찾아는 봤니? 처음부터 중국에 가서 돈 벌 생각만 했던 것 아니냐 그 말이야.

흙을 삽으로 퍼 훨훨 날리며 관엽 식물의 썩은 뿌리들을 추리는 시누이의 손은 비난을 쏟아내는 입보다 빠르지 않았다. 화진은 그동안, 원철이 살아 있다면 진작에 연락이 왔을 거라고 입이 아프게 말했다.

원철이 죽었을 원인은 많고도 많았다. 중국에서 50층 건물 외벽에 올라가 방수 공사를 하다가 추락했을 수도 있고, 공안에 쫓기다 차에 치였을 수도 있었다. 수천수만 가지 위험에 처할 때마다 살기 위해 안간힘을 썼을 것이다. 그런데도 지금까지 연락이 없지 않은가?

—중국 가면 신세 망치는 것 모르고 헛바람 들어 설치는 너 대신 우리 원철이가 간 거 나는 알고 있다.

이건 또 무슨 말인가? 화진은 먹먹히 시누이를 바라보았다.

—중국에 일하러 가겠다고 명화가 성화를 부린다고, 불법으로 강을 넘어야 하는데 명화 대신 내가 가야 하지 않겠나, 하며 우리 원철이가 나 찾아와 고달픈 마음 쏟아낸 거 명화 너는 몰랐갔지?

말이 그렇게 흘러 다녔던가? 그렇다 해도 돌이킬 수 없는 것들에 왈가불가할 기운이 남아 있지 않았다. 화진은 '북조선의 명화는 오래전에 죽었어요' 하려다 말았다.

—와 니 한국 남편 때문에 그라나?

—뭘……?

—헛바람 든 너 때문에 중국 갔다가 우리 원철이 실종된 것

니 한국 남편이 아냐?

—…….

—우리 원철이 생사 모르게 되면서 댕강 심장 한 덩어리 잘려나간 채 살았다, 우리 아버지와 어머니가. 우리 우철이 보고 버티지 않았갔니?

—…….

—너 정말 예뻤지. 지나가면 길가가 훤했지.

그 시절이 꿈결처럼 지나갔다고 화진은 말하지 않았다.

—우리 원철이가 너와 결혼한다고 좋아하며 자전거 안장에 꽃보자기 씌우며 환하게 웃던 게 꿈에서도 보인다 나는.

—…….

—우리 원철이가 살아 있다면…….

그랬다면 흉을 보면서도 중국에서 사온 립스틱이라며 시누이에게 선뜻 내주는 사이로 지냈을 것이라고 화진은 생각했다.

—왜 중국에 건너가 돈만 벌어 북조선에 돌아오지 않았니? 중국에서 돈 많이 벌어 조용히 두만강 건너와 사는 여자들 많다. 아들 놔두고 중국 가서 다른 놈 만나 결혼해 애까지 만들고 살아? 그것도 모자라 남조선에서 다 늦게 뭔 자식을 또 만드니?

시누이의 가시처럼 날카로운 말속에 순간 연민의 빛이 스쳤다. 화진은 '오죽했으면 내가……'를 뱉으려다 그만두었다. 층층의 사연들을 어떻게 다 말로 하나?

—나는 내 아버지도 찾지 않은 사람이에요. 그리고 우리 기현이는…….

기현이는 지금 얼굴도 기억 못하는 아버지를 찾을 만큼 좋지 않다고 말하려다 화진은 그만두었다. 기현의 핸드폰 번호를 연락처로 남겨두는 게 좋겠다고 말하며 등을 돌리는데 눈물이 앞을 막았다.

화진은 울퉁불퉁한 양주 외곽의 흙길을 걸으며 체증을 다스리듯 가슴을 마구 쳐댔다. 시누이는 하나원을 졸업하고 나와 처음 만났을 때도 가시 박힌 말을 해댔다. 당장 농원으로 되돌아가 시누이에게 따지고 싶었다. 아들을 주지 않고 시누이가 버티는 바람에 기현이 엄마에 대한 미움을 키우며 성장했다고, 그렇게 끼고 있었으면 잘 키웠어야 하지 않느냐고, 아들을 데려오려고 브로커에게 사기당하고 뜯긴 돈이 얼마인 줄 아느냐고…… 하고 싶은 말들이 차고도 넘쳤다.

8

—동네에 아무나 들이면 안 되는데…….

도둑까지 들끓으니 이 동네를 뜨고 싶다는 언덕 슈퍼 여자의 말을 들으며 화진은 걸음을 멈추지 않았다. 얼마 전에도 그녀는 기현이 담배 한 갑을 사면서 돈 계산을 못해 쩔쩔매더라는 흉을 봤다. 그래서였다. 아랫길 슈퍼보다 이삼천 원은 비싸게 받는데도 양파나 식용유 등을 사다가 화진이 발길을 끊은 게. 살갑게 구는 그녀를 믿고 새터민이라고 털어놓으며 지낸 게 후회되었다.

—혼자 사는 나 같은 사람은 자다가도 놀라서 경기 일으킨다니까.

등 뒤에서 언덕 슈퍼 여자가 누구든 들으라는 듯 크게 소리를 쳐댔다.

코로나19로 각박해지면서 동네에 도둑이 들끓는다는 말을 화진도 들었다. 안방에 들어와 칼을 들이댄 강도에게 현금 오십만 원을 내준 이가 보복이 두려워 경찰에 신고하지 않았다는 소문도 돌았다. 세 놈이 복면을 쓰고 오밤중에 신발을 신고 들어왔다고 했다.

칠십만 원에 그런 집을 어디 가서 찾아…….

최근 집값이 올라 산꼭대기 원룸도 월 육십오만 원은 받는데 북한에서 왔다기에 싸게 줬다며 집주인이 지난달에 재계약을 해주었다.

—공기 좋지, 조용하지, 산 밑이라 전망 좋지.

화진은 혼잣말로 중얼거렸다. 좀 높은 게 흠이지만 화곡역까지 가는 마을버스도 있다고 큰소리를 치는 집주인이 늘 읊어대는 찬사였다.

거실과 화장실, 두 개의 방과 주방이 있는 번듯한 집이었다. 남편이 일 톤짜리 트럭으로 이삿짐을 날라주며 번 돈으로 보증금을 마련했다. 늦게 가진 아이를 안락한 곳에 눕히겠다는 마음은 화진과 남편이 다르지 않았다. 장롱과 양문형 냉장고, 소파 등을 구비하며 살아온 칠 년 세월이 깃들어 있었다. 이만하면 됐지 뭐……, 했던 건 삼 년 전 북한에서 아들까지 데려온 후였다. 이십오 년 된 다세대 주택에 화진이 배 아파 낳은 세 자식이 다 있었다.

화진이 현관문을 열쇠로 따고 들어갔을 때 일곱 살배기 해린이는 텔레비전 앞 소파에서 잠에 빠져 있었다. 마루에 해린이 먹다 만 포도 모양 젤리들이 뒹굴었다. 기현은 긴팔 털복숭이 원숭이 인형을 가슴에 끌어안은 채 유리창가에 멍하니 앉아 있었다.

—애도 아닌데 왜 그렇게 인형에…….

화진은 기현에게 쏟아내려는 비난을 멈추고 한숨을 크게 내쉬었다.

—해 지기 전에 일 끝내야 하는데 쓰레기봉투에서 이것 찾느라고 너 혼자 일도 안 했다며? 유 사장이 그 인형 때문에 너 일하러 나오지 못하게 했대.

화진이 인형을 빼앗으려고 다가갔을 때 기현의 몸에서 술 냄새가 배어나왔다.

—엄마가 그 일자리 얻어내느라 얼마나 공을 들였는지 알아?

화진은 언성이 높아지려는 것을 자제했다.

더 이상 기현을 쓰지 않겠다고 유종호는 전화로 못을 박았다. 고향 사람이라고 봐주는 것도 한계가 있다고, 자신이 자선 사업을 하러 남한에 온 게 아니라는 게 그에게 들은 마지막 말이었다.

선숙 언니에게 부탁해 기현의 일자리를 구했을 때 화진은 세상을 다 얻은 듯했다. 유종호는 오색에서 사과 농장을 하는 선숙 언니의 사촌 동생이었다. 그의 밑에서 기현이 일하도록 애쓴 것은 그의 뚝심을 배웠으면 하는 마음에서였다. 그가 장례 지도사를 거쳐 유품을 정리해주는 회사를 차리기까지 많은 노력을 했다는 것을 알고 있었다. 남북하나재단에 기부금을 낸다는 것도 알려지면서 그는 새터민들의 우상이 되었다.

화진은 주방으로 들어와 냉수를 벌컥벌컥 마셨다. 계단을 올라오는 발소리가 들렸다. 2층에 집 세 채가 줄줄이 있으니 어느 집으로 가는지 알 수 없었지만 남편일까봐 불안했다. 술에 취해 헛소리를 하고 난폭해지는 기현을 남편에게 보이고 싶지 않았다. 스물네 살 아들의 아버지 노릇에 남편이 중압감을 느끼고 있다는 것을 모르지 않았다.

—엄마, 왜 내게 거짓말을 하지요? 아버지가 죽었다고.

쌀을 씻던 손길을 멈추고 화진이 돌아보았을 때 기현이 부엌 문턱을 밟고 서 있었다. 뭔가를 따지려고 벼르는 눈빛이었다.

—고모가 그러는데 엄마가 아버지 찾지 않으려고 자꾸…….

—자꾸 뭐?

화진은 급기야 언성을 높였다.

—어릴 때부터 고모가 그랬어요. 엄마가 나 버리고 갔다고.

화진은 입술을 바들바들 떨었다.

—엄만 너 데려오려고…… 편히 밥숟가락 넘겨본 적 없어.

화진은 더 말하려다 입을 다물었다. 월셋집을 못 면하면서도 너를 데려오려고 애를 쓴 게 잘한 일인지 모르겠다고 말할 수 없었다. 말을 뱉고 나면 모자 사이가 돌이킬 수 없게 갈라질 것만 같았다. 칼날로 두 동강 낸 커다란 수박처럼.

화진은 기현의 차가운 시선을 등 뒤로 느끼며 해가 지고 있는 언덕길을 내려다보았다. 돈을 벌어오겠다며 두만강을 넘어간 남편 원철을 기다리며 산에 올라가 무엇이든 채취했던 날들이 떠올랐다. 꼿꼿이 등허리를 세우고 고개를 치켜든 독사가 고사리로 보여 손을 내밀다가 물렸던 그 시절에서 얼마나 멀리 왔나?

몸속에 아직도 그 독이 남아 차가운 결정을 내려야 할 때마다 휘돌고 다닌다는 생각이 들었다. 국경수비대에 고양이 담배 세 갑을 주고 두만강을 건넌 후에 젊은 여자들이 돈 벌 수 있는 일이 중국 각지에 널렸다는 조선족의 말을 들었던 때도 화진은 맹독을 품었다. 그래야 젖먹이 아들을 등질 수 있었다.

9

—잘됐네. 그 집 아들딸도 오겠네. 이왕 이리된 것 가서 잘 봐봐. 애새끼들이 싸가지가 있는지 없는지. 재혼이든 삼혼이든 배우자 자식들이 중요해.

화진은 천연덕스럽게 말하는 집주인 여자를 멍하니 바라보았다. 어젯밤에 아버지 팔순 잔치에 오겠느냐는 남자의 전화를 받았다는 말이 떨어지자마자 즉답이 나올 줄은 몰랐다.

—할아버지 팔순 잔치면 다 올 것 아니겠어? 화진 씨가 가서 이참에 다 물어봐. 결혼하면 그 시아버지 되는 이와는 따로 살 건지, 재혼하면 대강의 재산 정리는 아들딸 불러놓고 미리 할 건지.

미리 재산 정리를 어떻게 한다는 것인가?

—미리 그것 안 정하고 재혼했다가 파토 나는 이들 많이 봤어. 들어보고 아니다 싶으면 자기 선에서 깔끔하게 마무리짓자.

—…….

—우아하게 우리는 인연이 아닌 것 같다 그러면 되지 않겠어?

우아하게?

—잘되었네. 팔순 잔치에는 꼭 다녀오는 게 좋겠어.

그래도 가족이 다 모이는 자리에 간다는 것은 반은 재혼 의사가 있다는 의미 아니겠느냐고, 섣부르게 행동할 일이 아닌 것 같다고 말하려다 화진은 입을 다물었다. 집주인 여자가 변덕을 부려 지시를 번복할 수도 있었다. 그녀가 충동에 따라 결정하고 마음이 바뀌면 쉽게 철회하는 것을 익히 봐왔다.

—퇴근하면 우리 집에 가서 냉장고 오래된 음식들 다 버려. 내가 말 안 했어도 우리 집 들락거리면서 치웠어야지.

집주인 여자가 심기가 불편한 얼굴로 말했다.

순 제멋대로야. 말하지 않은 것을 할 권한이 내게 어딨어? 화진은 화가 치밀어 얼굴을 붉히다가 슬그머니 누그러뜨렸다. 집주인 여자가 엊그저께 이십만 원을 더 넣은 월급봉투를 내밀었다는 데 생각이 미쳤다. 가사도우미들이 몇 달을 못 버티고 나가떨어지게 만들 만큼 집주인 여자가 자기중심적인 면이 있지만 시간이 지난 후에 어떤 식으로든 보상을 해준다는 것을 화진은 알았다. 아침 9시에서 저녁 6시까지인 근무 시간 외에 별도로 일을 시킬 때도 따로 넣은 돈 봉투를 주었다. 간혹은 진력난 보석이나 상표도 뜯지 않은 옷을 내밀 때도 있었다. 삼 년을 일하는 동안 화진은 들쭉날쭉인 집주인 여자의 기분을 맞추는 데 익숙해졌다. 취한 척, 실수인 척 쓱 손을 잡는 사내들이 오는 식당이나 술집에 비하면 월등히 만족스러웠다.

오후에 망고와 아보카도를 먹고 집주인 여자가 잠든 후에야 화진은 병실 밖으로 나왔다. 복도 끝 열린 쪽창으로 숲 향기가 불어왔다. 스웨터 호주머니에서 핸드폰을 꺼내 기현에게 전화를 걸었다. 신호음이 다 끝날 때까지 기현은 전화를 받지 않았다. 요새 기현이 눈뜨자마자 집을 나가 어디를 쏘다니다 오는지 몰라 한숨이 흘러나왔다.

10

다 모여 저녁 먹은 지가 언제야…….

검붉은 물을 내뿜으며 둥둥 떠오르는 오징어의 몸통을 나무 젓가락으로 찔러대다가 화진은 남편에게 전화를 걸었다. 벨소리가 끊기고 안내 음성이 나올 때까지 남편은 전화를 받지 않았다. 1톤 트럭 가득 짐을 싣고 좁은 골목길을 올라가는 이사를 마친 날에는 남편이 술로 피로를 푼다는 것을 알았다. 그렇지만 어디에 있고 언제 들어간다는 전화를 먼저 했었다. 삶은 오징어 두 마리를 접시에 건져두고 기현의 핸드폰 번호를 눌렀다. 벨소리가 끊어질 때까지 전화를 받지 않았다.

일도 안 하면서 집에서 쉬면 좀 좋아…….

기현이 저녁 9시에 밖에서 만날 친구가 없다는 것을 알기에 걱정이 되었다. 자꾸 신경을 곤두세우다 보니 눈도 아프고 머리도 아팠다. 해린이는 졸졸 따라다니며 종알대더니 소파에 쓰러져 잠이 들었다. 화진은 도서관에서 공부하고 늦게 오겠다고 한 현지에게 핸드폰을 걸었다. 신호음이 열 번도 넘게 울리는데도 전화를 받지 않았다.

툭하면 중국에 돌아가겠다며 성질을 부리는 현지를 자극하지 않으려고 화진은 무던히 애썼다. 언제까지 방 두 개인 집에서 살 거냐고, 고등학생이니 독방을 써야겠다고 성화여서 기현이 마루 소파에서 자는데도 현지는 불만을 달고 살았다.

중국에서 왜 데려왔냐고? 저 데려오려고 그동안 등골이 휘었는데, 괜히 왔다고?

화진은 참았던 한숨을 길게 터뜨렸다.

나쁜 기집애…….

동네에 흉악한 소문이 돌 때마다 오빠가 한 짓이 아닌가 의심된다고, 왜 맨날 오밤중에 강도처럼 모자를 푹 눌러쓰고 소리 없이 들어오냐고, 기현을 보면 무섭다고 말하던 현지가 미웠다. 화장실에서 샤워를 하는데 기현이 문을 벌컥 열고 들어왔다고, 어느 날은 길에서 부딪쳤는데 자기를 알아보지도 못하고 혼자 중얼거리더라고 했다. 오빠라는 호칭을 빼고 "걔 좀 이상해. 바보 아냐?" 하는 현지의 등짝을 철썩철썩 때려준 날 화진은 방에 들어와 소리 없이 오래 울었다.

중국의 딸과 북한의 아들만 데려온다면 원도 한도 없을 것 같았다. 재개발을 앞둔 녹번역 원룸에서 트럭 하나로 근근이 살던 남편과 식도 올리지 않고 새살림을 살면서도 화진은 제 돈을 풀지 않았다. 어릴 때 떼어놓은 두 자식들을 데려오려면 부르는 게 값인 브로커 비용을 마련해야 했다.

철진이도 속았을 거야. 배고파 죽어도 내게 사기 칠 사람이 아냐…….

다시 북으로 돌아가려고 철진이 삼척에서 바다를 건넜다는 소식을 들었을 때 화진은 한동안 아무것도 하지 못했다. 딸을 데려오려고 내놓은 돈을 날렸을 때 철진을 찾아가 멱살을 잡았던 일이 떠올라 마음이 아렸다.

탈북자 인권을 위해 헌신한다는 종교 단체의 국장이라는 한국인을 화진에게 소개해준 게 철진이었다. 중국에서 활동하는 선교 단체와도 연계되어 있어 딸을 빼오다 잡혀도 중국 공안에 선을 댈 수 있어 안전하다고 했다. 현금 이천만 원과 딸이 사는 중국의 집 주소를 건네는 자리에 철진이 동석했기에, 일이 실패하면 돈을 돌려주겠다는 각서도 요구하지 않았다.

돈을 옴싹 날리고 나서야 화진은 고국 사람이라고 믿었던 이들이 무서워졌다. 받는 것 없이도 의지가 되었던 그들이 남한 사람들에게 사기를 쳤다는 이야기는 들어보지 못했다.

11

관리실에서 경비가 유리창으로 밖을 내다보는 게 신경 쓰였지만 화진은 꼿꼿이 서서 105동 공동 현관문을 주시했다. 유종호를 만나면 칠 개월 동안 기현이를 데리고 일했으니, 엄마인 내게 필요한 조언을 해달라고 말할 작정이었다. 기현은 그가 무섭다고 했다. 한국말을 빨리 배우라고 윽박지르고, 빠릿빠릿하게 굴라며 야단을 친다고. 그가 전화를 피하지 않았다면 연락 없이 여기까지 오지는 않았을 것이다. 고인의 유품을 정리해주는 회사를 차리기까지 그가 남한에서 얼마나 험난한 일들을 겪고 헤쳐왔을지 모르지 않았다. 냉정하지 않았으면 그가 일찍이 서울 시내에 34평 아파트를 사고 직원들을 여럿 부리는 회사를 차리지 못했을 것이다.

유종호는 죽은 지 보름 만에 발견된 일흔 살 노인의 집에 간 날 기현에게 더 이상 일을 가르칠 수 없다는 것을 깨달았다고 했다.

72년에 지었다는 아파트 4층에 있는 12평짜리 집 안에 그토록 많은 물건이 쟁여져 있을지 몰랐다고, 좁은 계단을 팀원 세 명이 오르내리며 냉장고와 세탁기를 날랐다고. 입구가 좁아 경사진 언덕 아래 차를 세웠기에 호흡을 맞춰 중심을 잡지 못하면 짐과 함께 구르는 사고를 낼 수도 있었다고 했다. 그 속에서 기현이 죽은 노인의 침대에 있던 긴팔 털복숭이 원숭이를 끌어안고 놓지 않아 쓰레기봉투를 내가지 못했다던가?

그날뿐만이 아니었다고 했잖아. 그날만 그런 게 아니라고…….

죽은 이가 생전에 먹었던 쌀밥 더미 속에서 기어나온 흰 벌레에 놀라 기현이 개수대에 구토를 하고, 싱크대 틈에서 나온 바퀴벌레에 놀라 뒷걸음치다 칼날에 다치고, 쌓아놓은 판자를 넘어뜨려 부상을 입는 실수들을 다 말하자면 입이 아프다며 유종호가 한숨을 토해냈다. 팀원들을 돼지고기 불판 앞에 앉혔을 때 기현이 밥공기 속에서 벌레가 나온다고 소란을 피우는 것을 진정시키려다 막내 아르바이트생이 팔을 데었다는 그의 말을 들으면서도 화진은 과장이 섞였을 것이라고 믿었다. 병원비가 필요한 상황이었다면 그가 그날 당장 전화를 해왔을 것이라고.

더 데리고 있어달라고 부탁하러 온 것은 아니야…….

화진은 단단히 이를 물었다. 유종호를 만나면 바짓가랑이라도 붙잡고 싶었다. 기현에게 사회생활을 하게 해주고 싶을 뿐이라고. 그러려면 엄마가 꼭 알아야 할 게 있지 않겠냐고……. 일감이 없어서 그가 이 핑계 저 핑계 대며 기현이를 자른 것이었으면 싶었다.

근처 가게에 가서 생수를 사 마시고 싶은 마음도 누르며 해가 둥실 떠오를 때까지 기다렸지만 유종호는 보이지 않았다. 누가 올라타 짓누르는 듯 등목이 무거웠다.

식구들이 모여 앉은 식탁에서 기현이 숟가락 든 손을 달달달 떨며 "오늘 있다가 내일 아궁이에 던져지는 들풀도 하나님이 입히시거늘 하물며……" 한 것은 일하러 나오지 말라는 통보를 받은 후였다.

기현이 팀원들과 밥을 먹으면서도 자주 읊는다는 그것이 기도인지 바람인지 화진은 알지 못했다. 하나원을 나와, 길거리에 나가면 사람들이 다 나만 바라봐서 무섭다고 기현이 말했을 때 화진이 두 손을 맞잡고 읊어준 것은 기도였다. "하물며 너희를……"에서는 화진이 참지 못하고 울먹이고 말았다. 새아버지가 식탁에서 어린 딸아이의 등짝을 사정없이 때리며 숟가락을 팽개친 날에도, 중국에 조선족 아버지가 있는 여동생이 문을 쾅 닫고 들어가 방에서 나오지 않을 때에도 기현은 몸을 바들바들 떨었다.

덜 떨어진 놈. 유종호가 기현에게 툭하면 했다는 욕설이 화진의 가슴을 후벼팠다.

간딩이가 개 좆보다 작아요.

선숙 언니와 함께 불고기를 먹는 자리에서 유종호가 그 말을 했을 때 화진은 그것이 칭찬인지 욕인지 몰랐다. 그의 표정이 한없이 부드러웠다. 다른 팀원들이 재활용 센터에 보내기 전에 탐나는 물건들을 챙길 때 기현은 오리 모양의 화분이나 나무구슬 팔찌 등을 주머니에 넣는다고 했다.

화진은 무겁게 한숨을 토했다. 유족들이 거들떠보지도 않던 낡은 사진첩 속을 뒤지며 고액권 지폐를 찾아내는 능력이 있는 유종호는 이해하지 못할 것 같았다. 긴팔 털복숭이 원숭이가 제발 나를 데려가달라는 눈빛으로 바라봤다던 기현의 말을.

기현은 침대 한쪽에 있던 긴팔 털복숭이 원숭이가 빤히 바라보며 말을 건네는 듯 느껴져 그것을 목에 감았다고 했다. 억지로 눌러 담고 테이프로 비닐 봉투 입구를 막은 뒤에도 검고 동그란 플라스틱 눈동자가 떠올랐다던가.

다리가 저릴 만큼 오래 서 있었지만 유종호는 나오지 않았다.

멀리서 나를 보고 피했나?

화진은 힘없이 돌아섰다. 정오에 집주인 여자의 퇴원 수속을 밟아야 했다.

해미에게라도 전화를 해야 하나?

12

신촌에서 평창동으로 가는 153번 버스에 오르자마자 화진은 해미의 전화번호를 눌렀다. 망설이지 않으려고 서둘렀다. 작심했지만 통화 연결음이 이어지는 동안 침이 바싹 말랐다. 해미가 전화를 받는다면 "나 명화야. 중국 이름 진밍화" 할지 말지 망설였다.

화진이 텔레비전에서 해미를 본 것은 삼 년 전 봄이었다.

'새 땅을 가꾸는 탈북인 정착기'라는 부제를 단 텔레비전 화면 속 해미는 노란 유자 빛깔 웃음을 뿜어냈다. 한국에 와서 오만여 평의 유자 농장 여주인이 되기까지의 인생 스토리 중 단 한 차례도 중국에서의 삶은 언급되지 않았다.

해미야! 나는 현실이 내게 똥덩어리를 내밀어도 금덩어리로 보려고 노력하며 살아. 여긴 남조선이니까. 그런데 해미야 살다 보니……. 해미를 만나면 그런 말을 할 수 있을까? 북한에서 데려온 아들을 공기 좋은 남쪽 지방 농원에서 일하게 해달라고 부탁하려면 말을 골라서 해야 했다. 벌써부터 입술이 바싹바싹 말랐다.

다짜고짜 들이댈 수는 없지…….

제주도에도 해미네 감귤 농장이 있다고 했다. 전국 각지에 유자로 만든 음식과 음료와 건강식품을 파는 매장을 두고 있어 해미 남편이 출장을 다닌다는 것도 화진은 다른 방송을 보면서 알았다.

화진은 무거운 낯빛으로 차창 밖을 바라보았다. 하나둘 상점들이 문을 열고 있었다. 그러니까 그때 중국 도문에서, 아니지 해미 너랑 나랑 만났을 때는 훈춘이었지. 내가 그때 스물아홉이었나……,로 과거를 헤집을 생각을 하자 고통스러웠다.

한국 보따리장수들이 들어오면 잔칫집처럼 활기를 띠었던 훈춘 단란주점 상호가 뭐였더라?

해미와 한솥밥을 먹은 그곳…….

지하층에도 방이 스무 개가량 있었지, 아마. 마사지 손님도 받고, 하룻밤 자고 가는 손님도 받던. 열일곱 살짜리 북조선 처녀애들은 자가용에 태워 출장도 내보냈던 조선족 깡패 두목 이름이 뭐였더라?

해미는 전화를 받지 않았다. 출근 시간대여서 사람들로 꽉 찬 버스 안은 몹시 소란스러웠다.

명화가 해미를 만난 건 스물아홉 봄이었다. 젖먹이 아들과 아내를 두고 장사 밑천을 구하러 중국에 가서 돌아오지 않는 원철을 찾을 겸 강을 넘었다. 원철이 브로커를 통해 보낸 주소를 들고 두만강변 개산툰을 찾아갔을 때 원철은 없었다. 돼지 축사와 과일 농장을 하는 조선족 남자가, 중국 땅에 젊은 여자들의 돈벌이가 널렸다고 은밀히 속삭였다.

건강한 몸뚱어리 하나면 못할 게 없지비. 혼자 강을 건넜으면 그 각오는 챙겨왔지 않간?

두 남자와 함께 유리창이 온통 검은색인 승용차에 타고 긴 시간을 달려가 만난 게 해미였다. 중국 각지에서 온 탈북녀들이 많았다. 금빛이 출렁이는 목걸이와 귀걸이와 팔찌를 차고 길다란 지휘봉을 들고 해미가 선별하는 게 무엇인지 여러 날이 지난 후에도 명화는 알지 못했다. 사우나와 노래방과 댄스장이 몰려 있는 건물의 지하에 잠을 자고 가는 방들이 있다는 것을 알기까지는.

13

퇴원하자마자 집주인 여자는 화초들 물부터 주라고 성화였다. 집 안 청소가 안 되어 있으면 마음이 어수선하다고, 오늘은 특별수당을 줄 테니 청소를 다 끝내놓고 가라는 지시를 거역할 수 없었다. 그녀는 병원에 있는 참에 해본 종합검진에서 난소에 혹이 생겼다는 것을 알고 신경이 날카로웠다. 허리 척추에 이상이 없으니 다행 아니냐는 화진의 위로에도 낯이 펴지지 않았다.

화진은 걸레를 빨아 창고 방으로 가다가 현지에게 전화를 걸었다. 벨이 끊어질 때까지 현지는 전화를 받지 않았다.

—아줌마! 화장실 화초들 물부터 주라고 했잖아. 바싹 말라 죽게 생겼어.

해린이와 기현에게 저녁밥을 챙겨줄 것을 부탁하는 메시지를 보내는 화진의 뒤에서 집주인 여자의 신경질적인 목소리가 들렸다. 그녀는 심기가 편치 않을 때는 '화진 씨' 대신 '아줌마'를 외쳤다. 화장실의 화초들은 웬만해선 마르지 않는다는 것을 알면서 심통을 부리려는 그녀의 심기를 모르지 않아 화진은 핸드폰을 앞치마 호주머니에 넣으며 침향나무 계단을 뛰어 아래층으로 내려왔다.

독일로 유학을 갔다는 집주인 여자의 딸 방을 손걸레로 구석구석 청소하고 있을 때 핸드폰이 울렸다. 화진은 이마에서부터 줄줄 흘러내려 목을 타고 내려가는 땀을 닦다 말고 전화를 받았다. 해미였다. 부재중 전화가 찍혀 있어서 걸었다는 해미 목소리를 듣는 내내 몸이 떨렸다. 텔레비전에서 탈북민 정착기를 보고 감동 받아 전화를 했다는 거짓말이 얼떨결에 흘러나왔다. 전화가 올 줄 알았다면 미리 할 말을 준비했을 것이다.

해미도 뭔가를 탐색하는 듯이 느껴졌다. 텔레비전에도 나오고 유튜브에도 여러 번 나왔는데 어떤 프로그램을 봤느냐고 물었다. 전국 각지에 유자로 만든 건강식품 매장이 있어 남편이 출장을 다닌다고 소개한 방송을 보았다고 말하며 화진은 해미가 전화를 끊을까봐 초조했다. 고흥 유자 농장 옆에 지었다는 전원주택도 참 근사하더라고 말하려는데 목소리가 떨렸다. 너는 해마다 농장에서 그토록 예쁜 꽃을 봐서인지 예전보다 더 예쁘더라고 말하고도 싶었다.

둘 다 말이 끊겨 침묵이 길어졌을 때 화진은 정규 방송 채널에서 추석 특집 프로그램으로 방영한 〈새터민 정착기〉를 참 감동 깊게 보았다고, 전화번호는 그날 농장 입구 나무간판에서 보고 적어둔 것이라고 말했다. 고국 사람들을 돕는 게 참 존경스럽다고 했을 때, 해미는 꽃구경 삼아 한번 내려오라고 했다. 남쪽에는 지금 꽃들이 활짝 피어나고 있다고.

형식적인 인사였을까? 방송용 멘트를 그대로 믿고 전화를 해온 이들을 차단하는 형식적인 초대? 언제 꼭 고흥 행복농장에 가보겠다고 진지하게 말하면서도 화진은 끝내 신분을 밝히지 못했다.

이름을 말했다 해도 해미가 시치미를 뗄 수도 있지……. 그런 사람 모른다고…….

안면몰수하고 사람 대하는 게 해미의 특기지……. 나이가 댓 살이나 어리면서 언니라고 한 번 부른 적이 없어…….

처음부터 신분을 밝히고 부탁을 했더라면 좋았을까? 기현에게 흙 밟으며 하는 일을 시키고 싶다고. 거두절미하고 울며불며 매달리는 게 좋았다고, 전화를 끊은 뒤에도 화진은 아쉬웠다. 해미가 무슨 천사도 아니고, 일면식도 없는 탈북인 모두에게 자선을 베풀겠는가? 그렇다 해도 어두운 기억을 헤집어야 하는 게 득이 될지 해가 될지 알 수 없었다.

내가 그 옛날 모란클럽에서 일한 명화라고 밝혀서 무슨 득이 있겠어?

돌이켜 생각할수록 개운치 않았다.

14

2층 베란다의 무화과나무 화분에 물을 주다 말고 화진은 핸드폰 폴더를 열었다. 마음이 흔들리기 전에 해미에게 전화하고 싶었다. 해미가 전화를 받는다면 '나 명화야, 해미야!' 할 마음을 단단히 굳혔다. '해미'라는 본명을 알고 있다는 것에 해미가 얼마나 당황할지 알 수 없었다. "네 남편은 예전보다 더 멋있더라……"도 준비하고 있었다.

텔레비전 속 해미의 남편은 한눈에 알아볼 수 있었다. 속초에서 출발하는 여객선을 타고 자루비노항으로 들어와 모란클럽에 드나들던 한국인 무역상.

남조선 멋진 사장님으로 통했던, 해미와 함께 남도의 성공한 농사꾼으로 화면에 비친 그는 오랜 세월에도 특유의 표정을 간직하고 있었다. 과시용으로 애써 굳힌 뚝심이랄까.

그가 해미를 데리고 나가 외박하는 날이면 모란클럽 북한 여자들은 모두 입을 맞춰야 했다. 북한에서 동생이 나와 해미가 급히 나갔다고.

수틀리면 밥을 먹다 상을 뒤엎는 조선족 깡패 두목의 비위를 맞추는 건 해미뿐이었다. 새로 들어온 북조선 년들이 말을 못 알아듣는다며 독방에 가두고 삼 일씩 밥을 굶기라는 그의 명령에 해미는 토를 달지 않았다. 술과 몸을 팔아 버는 돈의 일부를 떼주는 것을 주급 단위로 하지 말고 한 달로 하겠다는 새로운 규칙을 내놓은 것도 해미라는 소문이 있었다.

전화 받아 해미야……. 계속 안 받으면 내가 오해하잖아. 내가 누군지 알아채고 일부러 안 받는 건 아닌가 지금 의심하고 있단 말야…….

화진은 멀리 인왕산 자락의 소나무들을 바라보며 손에 땀이 찰 만큼 단단히 핸드폰을 잡았다.

외박을 나갔다가 도망칠 수 있으니 북조선 년들은 안에서만 손님 받게 하자고 말한 것도 너잖아…….

반반한 북한 처녀애들을 고를 때만 나타나는 한족 보스보다, 보스 오른팔인 조선족 깡패 두목보다 해미가 더 나쁘다고 명화는 욕하지 않았다. 해미가 성병을 달고 사는 북한 처녀들에게도 손님을 붙여 제 몫을 챙기고, 남동생을 통해 북한에서 넘어오는 마약을 한국으로 보낸다는 것을 화진은 진작에 알고 있었다.

해미야, 네 남편 너 데리고 외박 나가기 전에 내게도 찝쩍거렸어. 함부로. 돈 얼마 주면 되느냐고. 밤에 강바람 쐬러 나가기 전에 노래방 룸에 가서 한 번 하자고.

조선족 깡패 두목의 애첩인 줄 알면서도 해미를 데리고 나가 외박을 하는 그가 던져주는 선물이 후했다. 화장품과 옷과 스카프와 핸드백이 남한에서 온 것이어서, 몸을 팔아 곤죽이 되게 피곤한 얼굴에 저마다 웃음이 돌았다. 해미에게 모란클럽 운영을 맡겼던 조선족 깡패 두목 앞에서 서로들 입조심을 하는 게 어렵지는 않았다. 해미가 힘 있는 남자를 휘두르는 능력이 있어 명화는 부럽기도 했다. 평양에서 토대 좋은 집의 딸로 살다가 아버지가 정치범 수용소로 끌려가는 바람에 집안이 풍비박산 났고, 설상가상으로 상사의 비리에 엮여 보안서 감찰과 정복을 벗었다는 해미의 과거를 떠벌리고 다니는 이는 조선족 깡패 두목이었다. 그가 입버릇처럼 달고 있는 "말 못 알아묵는 북조선 년들 때문에 명 짧아지겠다……" 속에 해미는 끼어 있지 않았다.

해미는 전화를 받지 않았다. 화진은 손에 힘을 줘 다시 통화 버튼을 눌렀다.

—정신 차려 화진 씨. 오늘 왜 그래 정말?

집주인 여자가 신경질을 누르려고 애쓰며 소리쳤다.

옷방 유리창가의 벵갈고무나무 화분에서 흘러나온 물이 골을 그리듯이 방 가운데로 흘러다녔다. 느릅나무 장롱 틈으로도 들어가는 물줄기를 보고 놀라 화진은 튕겨질 듯 몸을 일으켰다. 물받이통을 빼놓은 채 물을 흠뻑 준 실수가 어이없었다.

—내가 허리가 아파 가뜩이나 심란한데……. 내가 올라와보지 않았으면 저 비싼 장롱 다 망칠 뻔했잖아. 도대체 왜 그래? 내가 함께 아이스 홍차 마시자고 그렇게 소리를 질러도 안 내려오고.

집주인 여자가 찬바람을 일으키며 아래층으로 내려간 후에 화진은 또 한 번 해미네 행복농장 전화번호를 눌렀다. 전화를 받지 않았다.

지난번에 느낌이 이상해서 통화 거부 목록에 올렸나?

—깨끗이 치우고 얼른 내려와. 나 오늘 기분 너무 안 좋아.

아래층에서 집주인 여자가 소리를 질렀다.

화진은 집주인 여자가 우울한 낯빛을 보일 때 풀어주는 방법을 알았다. 조선족 깡패들이 마작을 하다 돈을 다 잃으면 돈을 주고 사온 북한 처녀를 걸고라도 끝장을 보는 이야기, 먹고 살기 위해 밀수하다 걸린 남편을 빼내 올 길이 없어 보안원을 찾아가 옷을 벗고 뒹굴다가 헛간 바닥의 낫자루에 찔려 죽은 국경 마을 새댁 이야기…….

그런 이야기를 들으면 집주인 여자는 고개를 절레절레 흔들며 자족의 미소를 지었다. 자신이 얼마나 많은 것을 가졌는지를 새삼 깨달은 눈빛으로. 그러나 오늘 화진은 제 눈으로 보고 겪은 것만도 한 트럭인 이야기들을 끄집어내 집주인 여자를 풀어줄 기분이 아니었다.

15

남자에게 전화가 왔을 때 화진은 집주인 여자의 전신 마사지를 위해 오이를 갈고 아보카도 살을 얇게 뜨고 있었다. 남자는 나흘 후 아버지의 팔순 잔치에 온다면 차를 끌고 터미널로 마중을 나가겠다고 했다. 그날, 서울까지 와서 모셔 가고 싶지만 전복 양식 특강이 잡혀 있어 군청 교육 회관에 간다고 했다.

—뭐 해?

매트를 깐 풀 욕조 바닥에 사지를 벌리고 누운 집주인 여자가 소리치는 바람에 화진은 물어보고 곧 답을 주겠다는 말을 자기도 모르게 해버렸다. 핸드폰을 든 손에 땀이 찼다. 집주인 여자를 향해 곧 끝내겠다는 눈짓을 하면서도 당황스러워 눈을 질끈 감았다 떴다.

집주인 여자는 오늘도 저기압 상태였다. 유방암 검진을 받은 후에 주치의에게 오른쪽 림프절 검사를 해보자는 말을 듣고서였다. 기분이 좋지 않을 때마다 그녀가 변덕을 부려대는 통에 화진은 오늘 점심으로 새알 팥죽을 끓였다가 소갈비 등심구이로 바꿨고, 식탁에 내놓기도 전에 두부밥을 해야 했다.

—빨리 해. 나 옷 벗고 이렇게 오래 누워 있다가 감기 들면 책임질 거야?

집주인 여자가 언성을 높이며 채근하는 통에 화진은 남자에게 온 전화라는 말을 하지 못했다.

—애새끼들 키워봤자 다 소용없어. 독일에 유학 가 있는 딸년이 전화로 뭐라는 줄 알아? 엄마 유방암 걸렸으면 어쩔 거냐고 내가 물었더니…… 아휴 관두자.

집주인 여자가 누워 양팔을 흔드는 바람에 갈아서 올린 오이가 욕조 바닥으로 줄줄이 떨어졌다.

—재밌는 얘기 해드릴까요? 내가 북한에 갓난쟁이 두고 두만강 넘었다고 말했었지요? 그러니까 내 나이 스물아홉이었나…….

무슨 말을 하려는 것인가? 화진은 제 입에서 줄줄 나오는 말에 훅 놀랐다.

화진은 시어머니가 아끼던 오동나무 찻상을 몰래 들고 나왔다는 말은 하지 않았다. 맹꽁이처럼 배가 나온 국경 경비대 사내가 오동나무 찻상을 받고도 아랫도리를 호시탐탐 노렸다는 말도.

—평양에서 떵떵거리고 살았다더라고요. 해미요. 이름도 예쁘지요? 저는 해미 보면서 알게 되었지요.

집주인 여자는 대꾸가 없었다. 양쪽 눈을 거즈로 가리고 있어 잠이 들었는지 알 수 없었다.

—인간이 바닥을 치며 내려갈 수 있는 것에는 한계라는 게 없구나 하고요……. 그 고운 얼굴로 그렇게까지 잔인해질 수 있

다는 게.

탈북자 문제를 전 세계에 알리려는 취지로 한국 선교 단체와 해외 언론이 기획한 탈북단 행렬에 참석하려고 화숙이 달아났다가 잡혀 들어왔다. 한족 보스의 오른팔이 깡패들을 풀어 잡아온 화숙을 지하층 창고에 가둔 게 해미였다. 물 한 모금 넣어주지 않고도 화숙이 살아 나온다면 용서는 해주겠지만, 그동안 옷 사주고 밥 해준 값을 이자 쳐서 칠천 위안 갚아야 한다는 벌을 내린 것도 해미였다.

—저도 도망치고 싶었지만 밖은 위험했어요. 중국 공안들과 손잡고 일하는 그곳이 그나마 안전했거든요.

중국을 거쳐 러시아로 갔다가 잡힌 탈북자 일곱 명을 중국 흑룡강성 밀산 변방대에서 북송시킨 이후, 공안국에서 탈북자 은신처를 추적하고 있어 어디든 쑤셔놓은 벌집이었다.

—잡혀 북송되는 생각만 해도 악몽을 꿨어요.

화진은, 삼십 퍼센트씩인 몸값을 받아 옷과 화장품을 사고 나면 북한에 보낼 돈도 쥘 수 없었다고 말하려다 말고 집주인 여자의 양쪽 뺨을 가볍게 톡톡톡 두드렸다. 수분이 남아 있을 때 쳐대야 골고루 잘 스며들었다.

—해미가 남쪽 지방에서 퍽 잘살고 있더라고요. 유자 농장을 하면서 이름도 유자로 바꿨더라고요……. 그 남편이란 사람 중국 드나들 때 한국에 마누라도 있고 자식도 둘이나 있었는데,

이혼했나봐요. 해미와 딸을 낳고 살더라고요.

사랑을 빙자해 남의 가정 파탄 내놓고 새로 판을 짠 생활인데 그렇게 행복해 보일 수가 없더라고 말하려다 화진은 그만두었다. 잠들었을 수도 있는 사람 앞에서 해묵은 기억들을 펴올리는 이유를 알 수 없었다. 집주인 여자가 재미있는 이야기를 해달라고 하지도 않았는데.

조선족 깡패 두목에게 붙어 고국 처녀들 몸값을 후려친 게 너 아니냐고, 텔레비전에 나와 생글생글 웃는 해미를 보며 화진은 가벼운 분노를 느꼈다. 제 가슴 밑바닥에 그런 앙금이 있다는 것을 그날 텔레비전 앞에서 알았다. 탈북인들의 남한 정착을 돕는 취지로 남북하나재단에 매해 기부금을 내는 해미의 행보가 소개될 때마다 화진은 해미의 과거를 낱낱이 밝히고 싶은 충동에 시달렸다.

화진은 잠든 집주인 여자를 두고 욕실을 나와 핸드폰 폴더를 열었다. 저장된 해미의 핸드폰 번호를 찾고도 선뜻 연결 버튼을 누르지 못했다. 공갈로 사기 치고 돈 뜯어가는 족속들이 다 탈북민들이라고, 곪은 상처 덧내지 않으려고 상대하지 않았던 고국 사람에게 부탁이라는 것을 하게 될 줄 몰랐다. 그것도 해미에게…….

우울증이라는 의사의 진단을 받은 기현이 공기 좋은 유자밭에서 일할 수 있다면 한국에 와서 상한 몸과 마음이 절로 치유

될 것 같았다. 화진은 해미의 바짓가랑이라도 붙잡고 싶었다. 북한 여자들을 팔아 갑부로 사는 한족 보스보다, 깡패들을 이끌고 다니며 그를 돕는 조선족 두목보다 해미가 더 나쁜 년이라고 잠을 자면서도 욕을 해댔는데.

—오늘은 기분이 이상하네요. 돈을 받기에 늘 집주인이 원하는 걸 해줘야 하는 줄 알았는데…… 그래서…… 진흙탕 속도 벌려 숨김없이…… 네 맞아요. 그래야 너그러워졌잖아요? …… 그래도 내가 바닥까지 다 보였다고 생각하면…….

그것은 오산이라고 말하려다 화진은 입을 다물었다. 집주인 여자가 잠들었다 해도 더는 솔직하고 싶지 않았다.

—그래도 정말 이상하네요, 오늘은.

당신이 원치도 않았는데 속 이야기를 자처해서 하고 났더니 뭔가 후련하다고, 그래도 밑바닥 맨 아래는 나도 보고 싶지 않을 때가 있는 것 아니겠느냐는 말을 삼키며 화진은 욕실 장식대 위의 시계를 바라보았다. 10분 전 7시였다.

—퇴근 시간 지났어요. 나도 집에 가서 밥해야 하니 그만 좀 일어나세요. 지난번처럼 욕실 창이 훤히 밝을 때까지 죽은 듯이 있으면 곤란해요.

말을 하면서도 화진은 알았다. 집주인 여자가 우울한 기분으로 잠에 빠지면 간혹은 누가 업어가도 모를 정도가 된다는 것을.

—화분 속에서 나온 실지렁이 한 마리 밟지 못하는 내가 사

람을 죽였다면 믿겠어요? ……그러니까 뭐 혼자서 다 그런 것은 아니고…… 뭐 그래도…….

매트에 흘러내린 아보카도 반죽을 닦다가 실수로 집주인 여자의 발을 밟았는데도 꼼짝을 하지 않아서 화진은 안심하고 집주인 여자 옆에 누웠다. 몸을 대자로 펴고 넓은 욕조 바닥에 누우니 세상 부러울 게 없이 편안했다. 언제 히스테리를 부릴지 모를 집주인 여자의 비위를 맞추느라 종일 종종거리며 뛰어다녔다.

—얼마나 깊이 찔렀으면 칼자루가 뒷목에 콱 박혔더라고요. 칼끝이 목덜미를 뚫고 나왔더라니까요. 칼날 끝에서 뚝뚝 피가 떨어지는데도…… 내게 사과하지 않더라고요. 복도에 질질 피를 떨어뜨리며 살려달라고 눈과 손으로 애원하기에 내가 조건을 걸었거든요. 그동안의 잘못을 빌면 경찰에 전화해주겠다고요.

욕조 바닥에서 이제야 서서히 온기가 올라와 몸이 점점 따뜻해졌다.

—목에 칼자루 박혔으니 말하기 힘들었겠지요? 그래도 고갯짓 손짓으로라도 잘못을 빌었으면 내가 공안에 전화했을까요? ……다행이죠. 조선족 깡패 두목이 목에 단도가 콱 박혀 말이라는 걸 할 수 없는 지경이라는 게…….

뭔가 더 말을 하고 싶은데 잠이 쏟아져 내렸다.

제2부

*

'바이든, 김정은 만날 마음 없음, 접근 방식 달라…… 2021. 5. 16.'

화진은 대합실 기둥 벽에 붙은 텔레비전 화면 속 자막을 무심히 읽으며 배차장으로 나가는 통로 쪽 시계를 보았다. 12시 20분이었다. 해남으로 가는 시외버스를 타려면 한 시간을 더 기다려야 했다. 아침에 서둘렀지만 고속버스 터미널에 3분 늦게 도착하는 바람에 해남으로 곧장 가는 시외버스를 놓쳤다. 하루에 네 대만 운행하기에 광주행 우등고속을 탈 수밖에 없었다.

카페 유리창으로 텔레비전 속 김정은·김여정을 바라보는 사이, 찻잔 속 크림은 하트 모양이 풀어져 나비처럼 보였다.

야위었네…….

화진은 텔레비전 속에서만 볼 수 있는 그들이 마치 남동생이나 여동생인 듯 애처로웠다. 그들이 커다란 활화산을 작은 가슴에 품고 불 속에 뛰어드는 꿈을 자주 꾸었다. 불탈 거야. 어서 버려. 그 거대한 판에서 뛰어나와 어서……. 소리치다 잠에서 깨어나면 고난의 행군 당시 온데간데없어진 여동생이 떠올랐다. 자식들 옷까지 장마당에 내다 판 돈으로 술을 사 마셨던 아버지가 열아홉 살 딸을 인신매매꾼에게 팔았다는 소문이 파다했지만 온전한 정신일 때가 없는 아버지에게 진실을 물을 수 없었다. 술지게미를 잔뜩 훔쳐먹고 비틀거리며 두만강을 건너다 경비대의 총에 맞아 죽은 아버지를 야산에 묻으면서도 화진은 울지 않았다. 어딘지 힘이 없어 보이는 원철과의 결혼을 결심한 것은 아버지에게서 벗어나고 싶어서였다.

위로 올라갈수록 볼이 둥글고 넓은 머그컵 가득 담긴 카페라테를 다 마시고 나자 몸에 기운이 돌았다. 화진은 기현에게 전화를 해보려고 핸드폰을 들었다가 그만두었다. 낮잠을 자고 있다면 깨우고 싶지 않았다. 한밤에 집 안을 돌아다니며 웅얼웅얼 중얼대는 기현 때문에 남편은 뻘을 문 조개처럼 입을 꾹 다물고 지냈다.

집주인의 심부름으로 해남에 가서 하루 자고 올지도 모른다고 화진이 말했을 때도 남편은 시큰둥하게 바라보았다. 화진은 남편이 빈말로라도 고속버스 터미널까지 데려다주겠다고 말해주기를 바랐다. 예약받아둔 일이 있다는 것을 모르지는 않았다.

누군가 미울 땐 아직 바라는 게 남아 있어서야…….

화진은 남편에게 여전히 미안함이 있었다. 남한에 내려와 욕심에 못 미치는 이의 아내가 된 저의에는 북한의 아들과 중국의 딸을 데려와 거두려는 속셈이 있었다. 늦은 나이에 남편의 아이를 낳은 것도 그것을 위한 교량이었다.

광주에서 한 시간 삼십 분을 가야 도착하는 해남행 시외버스에 오르자마자 화진은 핸드폰 폴더를 열었다. 기현은 전화를 받지 않았다. 뭉개진 동백꽃잎이 다닥다닥 붙은 채 말라가는 밖을 차창으로 바라보며 재차 전화를 걸었다.

엄마가 따뜻한 남쪽으로 보내줄게……. 아침에 식탁에서 그렇게 말했을 때 기현은 물끄러미 바라만 보았다.

멀리 산등성이에서 풍차가 돌아가고 드넓은 벌판에 희디 흰 꽃들이 피어 날리고 있었다.

—핑궈리…….

배도 아니고 사과도 아니고, 배이면서 사과인 과일의 꽃이 얼마나 화사했던가?

주소를 들고 화진이 개산툰에 갔을 때 농장 주인은 원철이 온다간다 말도 없이 사라졌다고 말했다. 더 많은 돈을 벌겠다고 말없이 도시로 나가는 탈북자들의 의리 없음에 대해 오래 떠들던 그에게 명화는 입이 아프게 물었다. 아내가 오면 주라고 편지를 남기지는 않았는지를. 강을 건너는 브로커에게 편지까지 보낸 남편이 말없이 떠났을 리 없다고…….

화진은 아들을 볼 때마다 순하고 다소곳한 원철의 눈매가 떠올랐다. 농원에서 흙을 밟고 뛰어다니면 좋아질 거야……. 삼 년 전, 기현이 하나원을 졸업하자마자 일을 시키려고 했던 게 후회되었다. 급히 먹는 밥이 체하는 법인데…… 뚝심 하나로 밀어붙이며 사는 유종호에게 맡기다니……. 마음이, 몸이, 지나온 세월이 무거워 화진은 가만히 눈을 감았다. 이제 더 새어나올 한숨도 남아 있지 않았다. 난관에 처한 고국 사람들을 도우며 사는 데 보람을 느낀다고 대대적으로 밝힌 해미에게라도 무작정 매달리고 싶었다. 거두절미하고 옛정을 생각해달라고…….

옛정이라니?

화진의 결심은 수차 번복을 거듭했다. 어두운 기억을 헤집어 면면을 따지는 게 득이 될지 해가 될지 알 수 없었다.

*

터미널로 마중을 나온 것은 남자네 집에서 일한다는 가사도우미였다.

—요새 내동 바쁘지라. 오늘 방송국에서 뭐 찍으러 온다더만

그랑께.

머리에 울긋불긋한 꽃무늬 두건을 쓴 가사도우미는 능숙하게 자가용을 몰아 해남 공용버스 터미널을 빠져나왔다. 한적한 들길로 접어들었을 때 그녀는 운전석 유리창 너머를 고개로 가리키며 근방의 땅이 거의 다 남자네 것이라고 말했다. 전복 양식장이 강진에도 있어 남자는 지금 그곳에 있다고 했다.

—급한 일만 처리하고 서둘러 올 꺼잉께 집에 가서 계시면 되지라우.

남자네 전복 양식장 규모가 얼마고, 나무 농장 넓이가 얼마고, 새로 준비한 전복선이 어떻고를 끝없이 늘어놓는 가사도우미 옆에서 화진은 가만가만 고개만 끄덕였다.

—잠자면서도 일을 헐거랑께 우리 수진이 아버지는.

논밭이 펼쳐진 들길을 십여 분 정도 달려 도착한 숲 아래 3층 집 마당이 한없이 넓었다. 키 큰 나무 아래 놓인 원탁 테이블을 둘러싸고 돌의자가 놓인 둘레로 색색의 꽃들이 피어 있었다. 정원 잔디마당 한가운데 줄줄이 박힌 둥근 대리석은 현관으로 길게 이어졌다.

—꽃을 예쁘게 가꿨네요.

화진은 가사도우미의 뒤를 따라 현관으로 들어가며 애써 말거리를 찾았다.

—뒤뜰에도 꽃 천지랑께. 수진이 아버지가 꽃 좋아허지라우.

우리 수진이 엄마 살아 있을쩍도 그랑께.

말하다 훅 입을 닫은 가사도우미 뒤를 따라 거실에 들어갔을 때 고소한 음식 냄새가 퍼져 있었다. 거실 끝의 주방에서 음식을 만들며 웃고 떠드는 여자들의 소리가 새어나왔다. 닫힌 방문들이 보이는 거실 한가운데 소파에 앉고 나서도 자리가 불편해 화진은 수차 엉덩이를 들썩거렸다. 6인용 소파 한쪽에서 거실 벽의 가족사진을 보려면 몸을 틀어야 했다. 300호는 되어 보이는 넓은 유리 액자 속에서 남자를 찾기는 쉽지 않았다. 그 안에 남자의 전처가 있는지도 알 수 없었다.

—징허게 곱소잉~

가사도우미는 식혜 한 대접을 밀어주며 화진의 맞은편에 앉아 매파처럼 살폈다.

—누구든 우리 사장님 각시 되면 집안에 복덩어리 들어오는 것이랑께.

주방으로 달려가 과일과 떡을 내오고 나서도 가사도우미는 입을 닫지 않았다.

—이분은 수진 아빠 큰당숙, 이분은 당숙 큰아들, 이거이는 사촌동생, 그랑께 내 아들내미여.

우람한 정원수를 뒷배경으로 서 있는 열댓 명의 사진 속 인물들을 일일이 손으로 짚어가며 설명해주는 가사도우미가 남자의 친척이라는 것을 알고 화진은 자세를 고쳐 앉았다.

—그리고 저그 저짝 맨 끄트머리 뽀글뽀글 머리 볶은 이는 이 집 다섯째여. 그랑께 수진 아빠 여동생이제. 제주도 사는디 온다고 혔응께 밤에나 도착헐랑가.

양갱을 담은 쟁반을 손에 들고 서서 이쪽저쪽 옮겨가며 가사도우미가 유리 액자 속 가족들을 하나하나 소개할 때마다 화진은 고개를 가만가만 끄덕였다. 집주인 여자는 식구가 칡넝쿨처럼 얽혀 살아가는 것은 질색이라고 했었다.

우람한 정원수 목대를 조금 비껴 서 있는, 서울에서 한 번 본 남자가 유독 눈에 들어왔다. 듬직하고 잘생긴 얼굴이다. 가사도우미의 칭찬을 들어서인지 화진은 그만을 보게 되었다. 가사도우미가 '이 짝은 저 짝은' 해가며 여러 사내들을 가리키는데도.

—쪼매 있음 고흥 사는 막내 조카가 횟감 떠 올 거인디. 오면 좀 잡숴보쇼잉~ 생일상은 저녁 7시에 차리기로 혔응께.

—고흥이 여기서 멀어요?

화진은 색색의 절편이 담긴 접시에서 무지개떡 하나를 집어 들다가 물었다. 해미네 행복농장이 있는 곳이었다.

—여그서는 엎어지면 코 닿을 거리지라우. 나로도에서 큰 배 여러 척 가진 부자여. 이 집 막둥이지 그랑께. 차 끌고 올지, 배 끌고 올지 모르겄고만. 지 아버지 잘 잡수는 횟감 바리바리 싸 들고 올 거여. 우리 오빠가 자석들 복은 넘쳐. 마누라 일찍 보낸 게 쪼까 그려서 그란디…….

사돈의 팔촌까지 다 모여 팔순잔치를 하리라고는 예상하지 못했다. 나가서 바람을 좀 쐬고 돌아오겠다는 말을 하려고 벼르는 화진 앞에 가사도우미가 소사나무가 자라는 자기 화분을 들고 왔다. 남자가 바쁜 와중에도 분재를 가꾸는 취미를 갖고 있다고 했다.

—요것 좀 보쇼잉. 뿌리 몇 가닥 흙 밖으로 삐져나와 있어도 튼실한 가지 하나만 잘살믄 다 끌고 가는 것이지라우. 그랑께 그게 이 집안에서는 우리 수진이 아버지여. 옷 맹글어 파는 회사 사장허다가 내려와 혼자 된 아버지 바닷일 물려받았당께.

14톤 전복 관리선과 가두리 양식 수천 칸을 마련하기까지 남자가 얼마나 성실히 일했는지를 가사도우미는 오래 설명했다. 근방에 엄청나게 넓은 전복 수조가 있는데 보러 가겠느냐고 그녀가 물었을 때 화진은 손사래를 쳤다.

—어떤 집이건 가장 하나 든든허면 만사가 땡이여. 지 자석들이 나쁜 새엄마 만나 맘고생 헐깜시 다 여울 때꺼정 재혼도 안 허겄다고 혔당께. 작년에 아들내미 장가 보내 광주에 아파트 사서 살게끔 혔응께 걱정 없지 인자는.

전복 껍데기로 열두 자 장롱을 만들어 새어머니에게 선물할 계획을 품고 있다는 남자의 딸에 대한 자랑도 이어졌다. 대학에서 금속 공예를 전공했다는 남자의 딸은 올해 초봄에 시집을 가 여수에 산다고 했다.

—우리 오라버니도 쪼매 있음 오겄네. 이발허러 갔응께.

팔십 된 양반이 신수도 훤하고 키도 훤칠하다고, 아버지를 닮아 외모가 출중해 중매쟁이들이 줄을 섰었다고, 그녀는 또 남자 자랑을 했다.

그림의 떡이지…….

커다란 나무를 배경으로 많은 사람들이 빽빽이 서 있는 가족사진을 올려다보며 화진은 어지러웠다. 손에 땀이 차고 가슴이 울렁거렸다.

*

발길 향하는 곳 어디든 푸릇푸릇한 풀들이 밟혀 좋았다. 잠시 산책하고 오겠다며 나온 길이 걷다 보니 끝이 없었다. 뒤돌아보니 남자네 3층집이 보이지 않았다. 화진은 길 가운데 툭 튀어나와 피어 있는 민들레꽃을 밟고 빗물 웅덩이에 왼발을 빠뜨릴 뻔했다. 작은 산 아래 펼쳐진 밭들에서 청보리가, 유채꽃이 하늘거리는 속에서 불쑥 외로웠다.

실수했어. 나도 탈북인이라는 말을 서둘러 할 필요는 없었는데…….

해미가 일부러 전화를 받지 않는다는 짐작을 떨칠 수 없었다. 기현이를 생각하니 착잡하고 막막했다.

너무 멀리 왔다.

똥인가? 진흙 덩어리? 거무튀튀한 한 무더기의 물컹한 덩어리를 밟았을 때에야 화진은 걸음을 멈췄다. 크림색 가죽구두 바닥에서 뭉개져 양쪽 볼까지 올라와 달라붙은 게 똥이든 진흙이든 난감했다.

곧 잔치집 마당에 들어서야 하는데…….

현지에게 전화해 해린과 기현의 저녁을 차려주라고 부탁하려다가 뒤로 미뤘다.

현지는 어린 동생에게도 불퉁거렸다. 사 년 전, 현지를 한국에 막 데려왔을 때부터 해린이는 뒤를 졸졸 따라다니며 입에 '언니'를 달고 살았다.

언니. 똥은 노란색이지?

강아지가 화단에 똥을 눈 도안에 색칠을 하다가 세 살배기 여동생이 물었을 때도 현지는 못 들은 척했다. 어린 동생에게 크레파스 하나 집어주는 마음을 아끼는 현지에게 눈을 흘기려다 화진은 12색 크레파스 중에서 노란색을 들어 해린에게 주었다.

인간의 똥이 그런 빛깔이라면 나쁘지 않지…….

황금 빛깔 똥을 싸는 인간들도 있으려나?

금빛이 찰랑이는 귀걸이와 목걸이와 팔찌로 휘감고 다녔던 해미라면…….

색깔도 곱고 냄새도 고우려나?

해미가 텔레비전에 나와 고국을 떠나온 뒤의 험난했던 중국 생활을 말했을 때도 훈춘 모란클럽은 들먹이지 않았다. 사업차 중국을 드나들던 지금의 남편을 만나 남한행을 결심했다고, 사랑을 찾아 생전 꿈꿔보지 못했던 자유의 땅으로 오게 된 감격을 되살리며 해미가 눈물을 글썽였던가?

속초에서 동춘호를 타고 자루비노항에 내리는 한국 사장님을 만나러 갈 때의 가슴 떨림이 지금도 남아 있다고, 한국산 화장품과 옷을 선물로 주던 그가 훗날 남편이 될 줄 몰랐다며 웃던 화면 속 해미가 화진은 부러웠다. 한국에 정착해 일궈놓은 유자밭을 거닐며 해미가 흩뿌리던 웃음에 거짓은 없어 보였다. 그런데도 화진의 머릿속에서는, 북한 아가씨들을 숙박실로 들여보내며 전표를 쓰고, 제 몫의 수수료를 조선족 깡패 두목에게 넘겨받으며 실크 블라우스 소맷자락을 휘날리며 걷던 해미가 떠나지 않았다.

거짓말을 한 건 아니지. 마약도 팔고 사람 목에 칼자루도 박았다고 조목조목 말하지 않았을 뿐이지.

화진은 사과나무들 사이로 저수지가 보이는 벌판을 바라보며 걸었다. 햇볕이나 좀 쐬련다는 듯 태연히 길 한복판에 누운 뱀과 맞닥뜨리기 전까지 머릿속은 어수선했다. 마을 하나를 넘은 듯했다. 대여섯 채의 집들이 보이는 곳에서 옆으로 빠져 둑

방길로 접어들었다. 좁고 긴 둑방 아래 물속에서 검은 올챙이가 떼 지어 다녔다.

*

산으로 오르는 길에 내리는 빛이 따사로웠다. 화진은 쓰러져 누운 거목 아래 새로 움을 트며 올라오는 초록 잎들을 가만히 쓸어보았다. 시계꽃들 위에 염소 똥이 자잘하게 흩어져 동글동글 말라가고 있었다. 낮은 산들과 밭들을 거쳐온 길들을 되짚어 가기에는 이르다 싶게 해가 남아 있었다. 보폭을 줄여 흑염소탕을 팔다 문을 닫은 식당을 지나고, 탱자나무 울타리를 가진 집을 지나 호젓한 들길로 접어들었다.

집주인 여자 대신 어촌의 부자 농사꾼과 재혼한다면 홍시 빛깔 같은 행복이 펼쳐질까?

바다가 가까운 산 아래 멋진 3층집에서 해산물로 수프를 끓이거나 찜통에 통째로 쪄서 식탁에 올리며 푸덕하게 나이 들어가는 그림은 매끄럽게 그려지지 않았다.

남자의 아버지는 돌아왔을까? 그와 독대를 하게 되는 상황은 피하고 싶었다. 차라리 늦게 들어가 가족들이 웅성거리는 속에 엄벙덤벙 있는 게 편할 듯싶었다. 방금 전 남자는 생각보다 일이 늦어져 미안하다는 전화를 해왔다. 광주에서도 방송을 찍으러 왔다며 남자가 길게 설명하는, 친환경을 위한 미래 대체 산업이 무엇인지 화진은 자세히 이해하지 못했다.

화진은 무화과나무 농원이 끝나는 지점에서 쭉 뻗은 저수지 길로 방향을 틀었다. 7시까지는 집으로 가겠다는 남자의 시간에 맞춰 돌아가는 게 좋겠다 싶었다. 핸드백을 열어 핸드폰을 꺼내는데 벌써부터 손이 달달 떨렸다. 저장된 해미의 핸드폰 번호를 찾고도 선뜻 연결 버튼을 누르지 못했다.

여차하면 해미에게 말할 수 있을까?

향이, 미순이 몸값 더 받겠다고 뒷돈 받고 빼돌린 게 너 맞지? 그 죄를 옴팍 우리가 뒤집어썼잖아. 도망가는 거 알면서 말하지 않았다고 조선족 두목 놈에게 따귀 맞다 다쳐서 유향이는 지금도 한쪽 귀가 안 들린대…….

우연히 방송 보다가 우리 탈북민들 위해서 좋은 일 한다는 것 알고 지푸라기라도 잡고 싶어 찾아왔다고 말하는 게 수월한가?

모란클럽에서 삼 년을 함께 지낸 나를 해미가 못 알아보겠어?

잡아떼는 건 일도 아니지. 그때도 어린것 두고 강을 건넜다는 말은 하지 않았으니까. 나이도 속였고……

화진은 연결 버튼을 누르려다 주저하며 핸드폰 폴더를 닫았다가 열기를 반복했다. 여차하면 폭탄을 날릴 준비를 해보았다.

조선족 깡패 두목 목에 칼자루 박은 게 너니?

마음 허한 것보다 뱃속 허한 게 더 무섭다고, 몸을 팔아서든 영혼을 팔아서든 돈을 벌라고, 뱃속 든든해야 배짱도 생기고 오기도 나온다던 해미를 떠올리며 화진은 통화 연결 버튼을 눌렀다. 일이 순조롭지 않으면 꺼내들 비장의 카드도 있었다.

너 나한테 빚진 것 있어. 그날 조선족 깡패 두목에게 걸렸으면 넌 뼈도 못 추렸을 거야.

조선족 깡패 두목이 모란클럽 객실 문들을 다 열어젖히는 소란을 피울 때 명화는 모란클럽의 모든 전력을 차단하는 꾀를 부렸다. 건물의 불이 꺼지고 냉방기가 멈추고 방마다 놓인 커다란 텔레비전 속 포르노 영상들이 꺼졌을 때 명화가 핸드폰 불빛으로 찾아낸 해미는 약에 취해 알몸으로 잠들어 있었다. 한국인 무역상과 함께였다.

화진은 오래전 그 일까지 끄집어낼 일이 없기만을 바랐다. 그러나 해미가, 방송용 멘트를 믿고 내 집 문턱을 드나드는 탈북인 실업자가 얼마나 많은 줄 아느냐고 말한다면? 상황에 맞게 모질고 표독하게 얼굴을 바꿀 줄 알았던 해미…….

진상 손님에게 당하고 와서 우는 여자들에게 해미는 질책을 해댔다. 젊어 탱탱한 몸뚱아리를 무기로 사용할 줄 모른다고, 못난 부모 만나 험한 길에 들어섰으면 뭔가는 내려놓을 줄 알아야 한다고.

매서운 눈빛으로 해미가 내려놓으라고 한 게 염치나 수치심이었을까?

해미는 전화를 받지 않았다.

*

6시가 되어가는데도 햇살이 창창했다.

택시라도 잡아타고 지금 당장 해미에게 가야겠어…….

강둑이 끝나는 지점에서 화진은 호기롭게 몸을 돌렸다. 눈 가는 곳 어디든 사방이 풍요로웠다. 보리가 누렇게 익으며 물결쳤고, 밭둑 넝쿨마다 산딸기가 빨갛게 익어갔다. 논두렁 고랑에서 민물고기가 떼 지어 꿈틀대는 땅에 살면서 해미가 정말로 대하처럼 넓은 품을 가졌을 성싶었다.

진흙 바닥을 뒹구는 미꾸라지가 어떻게 하늘을 나는 용을 볼 수 있겠어…….

고흥에 가서 물으면 그들 부부를 모르는 사람이 없을 것이다. 북한 인권 단체에 매해 기부금을 내고 있다니. 해미의 시고모라는 이가 얼마나 오래 침을 튀기며 자랑을 해댔던가.

그랑께 유미 엄마 시고모여 나가. 유미 아빠는 제일 부모 속 많이 썩인 아들내미였어. 여자 몹쓸 것들 만나 이혼도 허고. 근디 저짝에서 복덩이 데려왔당께. 이 동네서 제일 큰 부자가 돼부렀어 각시 덕에. 우리 유미 엄마가 평양에서 떵떵거림서 때깔 나게 살었다뎡만…….

여기가 어디인가?

길과 길이 맞닿는 길, 논둑과 밭둑과 강둑 어디든 닥치는 대로 발을 딛으며 멈춘 곳이 낯설어 화진은 같은 자리에서 뱅뱅 맴을 돌았다.

눈앞 멀리 보이는 건 바다인가?

낙지든 바지락이든 구럭만 들고 들어가면 옹골차게 잡아 올 수 있을 것만 같은 넓은 뻘밭이 나무 지붕을 인 육각형 동청 아래로 펼쳐져 있었다.

해미에게 솔직하게 고백부터 해야 하는가?

그날 네 기둥서방 조선족 깡패 두목에게 너랑 남조선 멋쟁이 사장님 튕구는 방 알려준 게 나라고…….

어쩔 수 없었어, 안 그러면 우리 여섯 명 다 중국 공안에게 넘겨 북송시켜버릴 거라고 그 자식이 협박했거든. 말 안 듣는 북조선 년들 그렇게 강 건너 보낸 게 수두룩하다더라…… 공안에 신고하면 돈도 준다더라고…….

화진은 우뚝 걸음을 멈췄다. 언젠가는 고향 땅을 밟을 마음을 먹었지만 중국 공안에 잡혀 수갑을 차고 들어가고 싶지는 않았다. 두둑히 돈을 차고 들어가 국경경비대에 넉넉하게 풀고 그들이 내주는 길로 안전하게 들어가는 그림을 그렸었다.

길길이 날뛰던 그놈 목에 칼자루가 박힐지 누가 알았겠니?

순식간에 아수라장이 된 그날을 생각하면 화진은 지금도 등골이 서늘했다.

조선족 깡패 두목이 모란클럽 밀실 복도에서 시체로 발견된 날, 값비싼 한국산 모피와 화장품, 보석들을 두고 몸만 빠져나간 해미를 두고 말들이 허다했다. 중국 공안들을 끼고 하는 장사라 무소불위였던 조선족 깡패 두목의 시체 앞에서 조선족 식모가 손을 부들부들 떨었다. 살찌면 손님 많이 못 받는다고, 한족 놈들은 쇠꼬챙이처럼 마른 여자들을 찾는다고 밥을 반 공기만 퍼줬던 그녀가 한족 보스와 중국말로 통화하는 것을 명화는 알아들었다. 몸 파는 것들 하나 죽었으면 조용히 묻어도 되지만 이번에는 사정이 다르다고, 중국 공안들이 오기 전에 북조선 여자들을 조치해야 한다고 식모는 다급하게 말했다. 부둣가에서 한국인 무역상의 수하들과 조선족 깡패들 사이에 싸움이 벌어져 대여섯 명이나 병원에 실려 갔다고도 했다.

나는 지금도 속상해. 패싸움하다 잡힌 조선족 깡패가 불어 곧 중국 공안들이 모란클럽에 들이닥친다기에 비싼 돈을 주고 구한 호구도 못 챙겨 나왔는데 그깟 테이블보가 아깝더라니까. 안 잡히고 몸 빠져나온 게 어디야……. 내가 단상 올라가 노래하고 받은 상품이었잖아. 기억나니? 한족 보스 칠순 잔치. 좋은 집 사면 깔려고 내 방 서랍에 넣어두고 내내 아꼈는데…….

화진은 해미를 만나면 서로 통하는 대화가 있다는 데 생각이 미쳤다.

향미는 팔짝팔짝 뛰어, 모란클럽 얘기만 하면. 생각도 하기 싫다네. ……기억에서 싹 지웠대. ……정말인가봐. 가끔 내가 조선족 식모가 끓여준 단팥죽 맛있었다고 하면…….

—기억이 그렇게 싹 지워지니?

화진은 혼잣말을 하며 터덜터덜 들길을 걸었다.

새록새록 생각이 났다. 사슴도 놀고, 계곡물도 흐르고, 소나무도 있는 길고 넓은 식탁보는 한족 보스 어머니가 직접 수놓은 것이라고 했다. 그날 명화는 혼자 있을 때면 흥얼거리는 〈꽃피는 내 고향〉을 부르고 싶었지만 북한 출신인 게 드러날까봐 중국어로 〈해피투게더〉를 불렀다. 노래를 부르고 앙코르를 받고 상품을 받는 동안 자신이 무슨 자격으로 잔치 마당에 있는지를 잊어버렸다. 중국 각지에 여자와 마약을 파는 클럽을 가진 한족 보스를 먹여 살리는 밑바닥 종자라는 것을.

한족 보스 집에 초대받아 갔던 날은 생각할수록 꿈 같았다. 말로만 듣던 궁궐 같은 집에 수영장이 세 개나 있었다. 세상의 술과 맛있는 음식은 다 거기 있는 것 같았다.

몸 팔아 돈을 버는 북한 여자들 다섯 명을 승용차에 태워 상해까지 데려간 게 조선족 깡패 두목이었다. 그가 꽤나 힘이 있다는 것을 그날 처음 알았다. 한족 보스가 던져주는 콩고물만 먹고 사는 게 아니었다. 사고가 나서 죽어도 암매장하면 그만인 북한 여자들을 강 건너에서 데려오는 일을 전담하기에 그의 위력이 대단했다. 그날 새롭게 안 것도 있었다. 놀고 먹고 마시고 마음껏 취하며 자유를 누리는 날들이 지겨워 마약을 하고 스스로 목숨을 끊기도 한다는 것을.

그날 너 참 아름다웠어. 한족 보스가 운영하는 전국 각지의 술집 미인들이 다 모인 그 자리에서 해미 너만큼 예쁜 여자가 없었지. 조선족 깡패 두목이 애첩으로 끼고 살며 목에 힘주는 이유를 알겠더라고……. 강 건너 북조선에서 팔려와 가짜 여권으로 살고 있다는 것을 짐작도 할 수 없을 만큼 빛이 났던 너는 대한민국에 와서도 당당하구나…….

크리스털 잔들이 투명하게 부딪치고 금빛 햇살이 쏟아지는 한족 보스의 집에서 짧았지만 정말 꿈을 꾸는 듯 행복했다는 말을 터놓고 할 수 있다면 해미를 만나러 가는 길이 좀 가벼울까?

*

—김기현이 술 마시고 소파에 자빠져 자고 있어. 엄마가 전화해서 야단 좀 쳐봐. 나 김기현이 때문에 돌아가시겠어 정말.

화진이 핸드폰을 든 채 무거운 한숨을 내쉰 후에도 현지는 김기현,을 끝없이 성토했다. 아침에 된장국을 끓여 냉장고에 넣어뒀으니 밥을 해서 기현이와 해린이와 함께 먹으라는 말을 하고 화진은 전화를 끊었다.

—못된 기집애.

현지가 기현을 못마땅해하며 중국말로 빠르게 해대는 욕을 화진은 매번 못 들은 척했다. 성질이 점점 사나워지는 현지에게 절로 원망이 솟았다.

하루에도 수십 번 삐졌다 풀어지는 게 꼭 제 할머니야.

화진은 딸 현지가 미울 때마다 조선족 시어머니를 떠올렸다. 억척스럽게 모은 화진의 돈을 옴싹 빼먹은 게 그녀였다. 딸을 데려오려고 붙인 조선족 브로커와 짜고 현지가 남한으로 가다가 납치되었다고 전화를 해온 시어머니가 요구한 것은 한국 돈 이천만 원이었다. 납치범이 그 돈을 주지 않으면 딸을 술집에 넘기겠다는 협박을 해왔다고 했다. 화진은 이천만 원씩 두 번을 보내고도 삼 년이 지나서야 현지를 데려올 수 있었다.

데려오지 않았다면 좋았을까?

고사리 하나도 뿌리가 강하면 뽑기 힘든 법인데, 딸을 맡기기엔 조선족 남편이나 홀어머니 모두 혀가 차일 만큼 한심했다.

멀쩡한 놈이었으면 돈 내고 섹스하러 다녔겠어?

현지의 생부를 만났던 모란클럽이 떠올라 화진은 눈을 질끈 감았다.

탈북민 팔십여 명이 옌타이항에서 배를 타고 한국과 일본으로 밀입국하려다 발각되어 전 세계에 알려진 사건 이후로 더욱 숨을 죽여야 했다. 대련에서, 북경에서 옌타이항으로 오다가 잡힌 탈북자들에 대한 소문을 명화는 조선족 남자의 마사지를 해주며 들었다. 한 달에 네댓 번 찾아와 밤을 보내고 가는 그는 훈춘에서 금광을 개발하는 회사에 다닌다고 했다. 그가 이백 위안화를 내고 전신 마사지를 하고 나서 팁으로 백 위안을 내밀었을 때 선뜻 받고 싶지 않았다. 그의 지갑이 빈약해 보였다.

모란클럽을 도망나와 단골손님인 그를 떠올렸던 게 나쁜 운명의 서막이었을까?

그때 고국 땅에 들어갔더라면…….

연길에서 택시를 타고 한 시간을 달려 두만강 너머를 하염없이 바라보았다. 아들을 두고 온 땅이 보이는 두만강가에서 날이 밝을 때까지 발길은 방향을 정하지 못했다. 전표를 보고 해미가 매달 말에 계산해준 몸값도 챙기지 못했는데 조선족 남자가 준 명함이 숄더백 속에 있었다.

서른셋, 뜨거운 몸이었다. 그래도 국경경비대들에게 먹일 두둑한 뇌물을 들고 두만강을 건넜더라면 조선족 남자와의 사이에서 현지가 태어나지는 않았을 것이다.

그의 실체를 알았을 때는 뱃속에 아이가 자라고 있었다. 금맥을 찾겠다는 부황기로 사는 인간이었다. 강 건너 북한에서 몰래 빼 오는 물건을 마른 생선들과 함께 파는 건어물 가게도 그의 매형이 주인이었다. 명화는 그의 매형 가게에서 일을 도와주며 눈칫밥을 먹다 만삭이 되어서야 그의 고향 마을에 갔다.

연길에서 택시로 한 시간 넘게 걸렸던 의란진 신룡촌. 노모가 마중나와 있다가 마을 자랑부터 했다. 일제 강점기에 집단 이주해 온 조선 사람들이 일궈 백 호가 넘었지만 다들 떠나 이제는 한족 마을이 되었다고. 그래서 무엇보다 안전하다고 했다. 오백 리 떨어진 조선족 마을에 사는 북조선 여자들은 공안에게 다 붙들려갔다고. 시조부 때부터 살았다는 산 아래 흙집에서 현지가 세 살이 될 때까지 명화는 조선족 진밍화로 살며 돼지와 거위와 오리를 키웠다. 돼지가 새끼를 낳으면 장날에 나가 팔아 세간을 마련하는 그녀 옆에서 조선족 남편은 허구헌날 곧 노다지를 캘 거라는 허세를 부렸다.

훗날, 딸아이를 데려가려면 인민폐 칠천 위안을 내놓으라고 협박했던 조선족 남편이 술과 마작에 빠져 살지 않았다면 지척의 고국을 바라보며 해로했을까? 고모가 해주는 밥을 먹으며 학교에 다니는 아들 기현을 위해 돈을 보내며.

어느 날 새벽, 앞코에 리본이 달린 분홍색 구두와 노란 원피스를 잠든 딸아이 옆에 두고 명화는 부연 먼지가 일어나는 흙길을 걸어나왔다. 옌타이 부두에서 횟집을 한다는 조선족 여자와 연집하 하구에서 만나기로 되어 있었다. 굴뚝 연기가 모이는

강이라서 '연집하'라 불리는 곳까지 오는 동안 한 번도 뒤를 돌아보지 않았다.

*

물이 고인 방죽으로 내려가는 돌계단이 있어 화진은 가만가만 내려갔다. 핸드백을 풀숲 한쪽에 내려놓고 두 손을 모아 방죽에 고인 물을 퍼 올려 진흙에 빠진 단화를 조심조심 닦아냈다.

—꿀단지를 숨겨뒀어~ 비밀로 해주면 조금 먹어도 돼~

입에서 흘러나오는 대로 흥얼거리다 보니 늦가을 정원에서 아몬드 열매를 까는 먼먼 나라 노부부의 푸근한 인상이 떠올랐다. 오래 사이좋게 산 부부만이 낼 수 있는 몸짓과 눈짓과 표정을 똑같이 품고 있던 이들……. 햇빛이 사위면서 산에서 불어오는 바람이 거세었다. 망사 스웨터 속으로 들어오는 짠 바람에 몸을 움츠리며 화진은 서둘러 방죽길로 올라섰다.

곁가지에서 움터 어딘지 모를 곳으로 날아가 새 땅에 뿌리를 내리는 식물 대하듯 담담히 받아들이면 되려나?

화진은 가끔, 제 몸에서 나온 세 아이들 모두 홀연히 제 곁을 떠나 어딘가에서 뿌리를 내리고 살 존재들이라는 사실에 위안을 받기도, 한없이 서글프기도 했다.

축축한 물가 후미지고 빛이 들지 않는 곳보다는 시원시원한 대로변이 좋겠네……. 높은 양지에 우람하게 버티고 서서 만인의 눈길을 받으면 더 좋지.

그래도 아직은 아니지.

실뿌리에 대롱대롱 알들이 매달린 감자 줄기 같은 끈을 아직은 내가 잡고 있다고, 화진은 한숨을 내쉬었다. 사춘기를 지나고도 점점 까칠해지는 현지를 볼 때마다 조마조마했다.

생각해보면 남한에 오기 전까지의 삶도 대롱대롱 매달린 자식들을 거두기 위해 매사 종종거렸다.

오후 3시면 인천으로 가는 배가 항구를 벗어나는 것이 유리창으로 보이는 청도의 횟집에서 명화는 팁을 받아 챙기는 요령을 부릴 줄 알았다. 손님상에 앉아 끓는 매운탕을 퍼주며 손님들이 따라주는 술도 받아 마셨다. 간혹은 한국 여행객들의 기종 좋은 핸드폰을 빌려 한국으로 간 탈북인들이 나오는 유튜브 방송을 보았다. 까마득히 먼 어딘가에 다른 세상이 펼쳐지고 있다는 게 믿기지 않았다. 어쩌다 바다에 나가 인천으로 가는 배를 보고 돌아오는 게 최대의 호사였던 그 시절, 종종 해미 생각이 났다. 해미가 조선족 매파를 찾아가 손과 발이 막 생긴 태아를 긁어낼 때마다 도왔던 일이 꿈에 비친 다음날은 기분이 좋지 않았다.

유혹은 곳곳에 있었지…….

한국에서 청도로 오는 보따리 장사꾼들이 동거를 하자며 명화에게 덤벼들었다. 그들이 임대한 아파트에 들어가 동거하면 주거비가 들지 않았다. 간혹은 생활비도 주고 현지처로 삼겠다는 이들도 있었다. 아파트 베란다에 널어둔 침대보와 면 수건이 바람에 하늘하늘 말라가는 것을 보고, 해지는 저녁이면 음식 냄새 퍼뜨리며 주방에서 식기들을 달그락거리고 싶어 마음이 일렁거릴 때도 있었다.

해미야!

우리 언제든 만나게 되면 아직 펼쳐보지 못한 식탁보 얘기만 하자. 계곡가에 서 있는 사슴의 뿔이 얼마나 우아했는지 말해줄게. 눈은 또 얼마나 아름다웠나 몰라…… 모란클럽 밀실이 있는 복도에서 목에 칼을 맞고 죽은 깡패 두목은…… 운수 나쁜 날 꿈속에서나 일어나는 일일 테니…… 해묵은 기억 속에도 담아두지 말아야지…….

화진은 발길 닿는 대로 걸어온 길을 되짚어가며 하루가 참 길다고 생각했다. 멀리 여행을 와 몇몇 날이 훌쩍 지난 것만 같았다.

하필 목을 뚫고 나온 게 칼날 끝만 아니었어도…… 그놈이 뭐든 칼끝으로 찍어 먹는 버릇이 있었잖아……. 포도알도, 생선회도 칼을 허공에 빙빙 돌리다가 찍어서 먹고……. 복숭아를 먹고 난 칼끝을 내 아랫도리를 향해 돌릴 때 너도 있었나? ……죽으면 썩을 것 쫙쫙 벌려서 한족 놈들 단골 만들라고 말했다네……. 밤 9시까지 손님 받다 나왔거든, 나는. 오징어튀김을 허겁지겁 먹다가 칼이 내 아랫도리로 날아와 박힐까봐 기겁을 했지. 그래서 못 들었어. 그놈이 그때 뭐라고 했는지……. 향미가 그러더라구. 언니는 그런 말을 들으며 어떻게 오징어튀김을 끝까지 씹어 넘길 수 있느냐고.

화진은 저수지를 뒤로하고 걷다가 가만히 멈춰섰다. 조선족 깡패 두목이 혼절해 맥을 놓을 때까지 모란클럽 밀실 복도에 서서 달달달 떨었던 순간이 떠올랐다. 망설였지만 공안국에 전화할 수는 없었다. 탈북자 색출 때문에 밖은 어디든 쑤셔놓은 벌집이었다. 모란클럽에서 일하는 이들 모두 북한 여성이었다.

—해미야, 그때도 난 개미 한 마리 밟아 죽이지 못하는 사람이었어…….

*

저녁이 준비되었다는 전화는 가사도우미가 해왔다. 남자가 집으로 오고 있다고 했다. 사방에 이내가 내리 덮이고 있었다. 오솔길이 어둠에 가려 보이지 않아 불쑥 겁이 났다. 남자의 집을 찾아가려고 돌리는 발길이 새삼 무거웠다.

처음이 어렵고 무섭지…… 이 세상에 일어나지 못할 일은 없어.

커나가는 자식들을 위해 나라는 인간은 이제 조용히 내려놓고 능히 부모로만 살아가야겠다고 결심하니 마음이 그토록 고요하고 평온할 수가 없더라고 말하던 남자의 목소리가 맴돌았다. 아버지의 팔순 잔치에 남은 인생을 함께할 배우자를 소개하는 것도 효도라는 생각이 들어 실은 바쁜 중에도 서울에 선을 보러 갔다고 말하던 남자가 우러러보였다.

정말 괜찮은 남자야…….

자식을 위해 나를 내려놓을 줄 아는 남자가 팔십에 이른 아버지를 위해 전복 출하 시기를 내려놓는 것을 봤을 때, 남은 인생을 함께하는 여인에게도 절대 인색하지는 않을 것 같았다. 화진은 남자에 대한 믿음이 차고도 넘쳤다. 벌레에 물린 목덜미는 어떠냐고 묻던 부드러운 음성을 떠올리자 서둘러 가서 남자를 보고 싶었다. 서울에서 본 지 한 달이나 지났지만 남자를 만나면 하고 싶은 말도 있었다. 매미나방에 물린 자리의 흉터가 거의 사라졌는데 정말 희한하게도 나비 날개 같은 희미한 흔적이 점점이 남아 지금까지도 사라지지 않는다고, 하필 어깨죽지 부근이라 재미 삼아 그 자리에 나비 문신을 해볼까 생각 중이라고…….

집주인 여자는 틈만 나면 결혼을 일찍 하면 초반에 이혼수가 있다고 했다는 점쟁이의 말을 들려주었다. 그녀는 화진을 남자의 집에 보내면서도 마음을 반은 비운 듯했다. 서울을 떠나 바닷가에서 남은 생을 보낼 수 있을지 모르겠다고도 했다. 그러면서도 홍삼 원액이 든 선물을 주며 같은 말을 반복했다. 초혼이든 재혼이든 부부 인연은 언제 어떻게 이루어질지 아무도 모른다고.

김수자가 아니라, 사랑하는 여자에게 부모 몰래 도망가자는 가사의 노래를 슬프게 부르던 정화진이 좋아서 팔순 잔치에 초대했을 거야……. 내 차지가 되지 말라는 법도 없지?

화진은 언덕을 오르며 가만히 멈춰 서서 마구잡이로 몰아치는 사념들을 털 듯 고개를 세차게 저었다. 점점 수위를 높이는 머릿속 욕망이 어디에서 오는지 알 수 없었다. 어쩌면 이 생이 끝날 때까지 호사와는 거리가 먼 삶을 꾸역꾸역 살게 될 운명의 간사한 속삭임인지도 몰랐다.

기회가 자주 오는 게 아니야. 기회였구나, 느낄 때는 가뭇없이 세월이 흘러간 뒤라고.

나팔바지와 허리선이 잡힌 블라우스가 몸태를 살려주는 시절도 곧 사라질 거라고, 화진은 몸을 곧추세우며 도도한 표정을 지었다. 듬직하고 넉넉한 사내에게 안겨 호강하는 꿈을 꾸지 않는 여자가 있을까? 그러나 꿈도 잠처럼 삶에 치여 잠시 몸을 부리면 홀연히 어딘지 모를 곳을 떠돌다 오는지, 멍멍한 덩어리로만 남았다.

*

멀리서 험악하게 개들이 짖었다.

늑대인지도 몰라…….

너무 멀리 왔다. 겹겹의 능선들을 둘러보며 화진은 불쑥 외로움을, 두려움을 느꼈다.

사방에 어둠이 내리고 있었다. 뛰다시피 산길을 내려와 땀으로 몸이 축축했다. 화진은 드물게 나타나는 가로등 빛에 의지하며 남자네 집 쪽을 향해 걸었다. 저녁상을 다 차렸다는 통화 이후로 더는 전화가 걸려오지 않았다. 남자에게서도, 가사도우미에게서도.

남자네 집이 멀리로 보였다.

너무 밝지 않은가?

그러나 화진은 밝은 빛에 이끌리듯 쉼 없이 발을 옮겼다. 사방의 어둠 너머에서 개 짖는 소리가 들려왔다.

—불 장식이 멋지네…….

노랗고 하얗고 금빛이 나는 조명등으로 멀리서도 환한 3층집이 보였을 때 화진은 절로 중얼거렸다. 똥 묻은 신발과 도깨비풀씨가 달라붙은 옷과 논바닥을 구른 핸드백을 멘 차림새가 한심스러웠다.

조금만 조도가 낮고 은은하다면…….

전쟁터가 따로 없지 뭐. 남편이 어느 날 나를 죽이려고 목이라도 조를지 몰라. 낡은 트럭을 끌고 다니며 번 돈을 쏟아 데려온 중국의 마누라 딸년은 아빠라고 부르지도 않지, 북한의 아들놈은 한밤중에 일어나 좁은 집 안을 뱅뱅 돌고 다니며 중얼거리지…….

깨소금 넣은 송편을 먹으려고 가보면 앙금은 누군가 쏙 빼먹은 것만 내 차지였다고, 그래도 남조선에 오면 반짝반짝 빛을 내며 살 줄 알았다고, 낡은 지 오래인 꿈에 대해서도 말하기에는 불빛이 너무 밝았다. 풀 길 없는 물음표만 남기고 돌아가는 세상사도 있으니 집주인 여자 대신 여기까지 오게 된 경위야 여치가 수풀 속을 기어가듯 자연스런 이치 아니겠냐고 허심히 말할 수 있을까? 두서없는 사념들이 무엇에 가 닿을지 모르는 채로 화진은 빛을 향해 발을 내디뎠다.

아직은 멀어서 눈부시게 환한 불빛들을 향해…….